殺し屋刑事《デカ》 女刺客《しかく》

『殺し屋刑事 地獄遊戯』改題

南 英男

祥伝社文庫

目次

第一章　偽入管Gメンの暴挙

1

ピッチング・マシーンが唸《うな》った。

最後の投球だった。百面鬼竜一《どうめきりゅういち》はバットを構えた。

すでに五十球近く打ち返しているが、まだ一度も天井のネットを叩《たた》いていない。ライナーばかりだった。

新宿歌舞伎町二丁目にあるバッティングセンターだ。

七月上旬の夕方である。まだ梅雨《つゆ》は明けていなかったが、ひどく蒸《む》し暑《あつ》かった。

球《ボール》が迫《せま》った。

百面鬼は力まかせにバットを振った。なんの手応《てごた》えもない。球《たま》はバットに掠《かす》りもしなかった。

「くそったれ！」

百面鬼はバットを足許《あしもと》に投げ捨て、手の甲で額の汗を拭《ぬぐ》った。

バッターボックスを離れたとき、金網《フェンス》の向こうをランジェリー姿の若い外国人女性が走り抜けていった。百面鬼は一瞬、わが目を疑った。だが、幻影《げんえい》を視《み》たわけではなかった。

駆け抜けていった女は、黒いブラジャーとパンティーしか身につけていない。南米系の容貌《ようぼう》だ。
二十三、四歳だろうか。グラマラスな肢体《したい》だった。髪はブロンドだったが、地毛《じげ》ではなさそうだ。多分、染めているのだろう。
女は誰《だれ》かに追われている様子だった。

百面鬼は視線を泳がせた。

左手の職安《しょくあん》通りの方向から、二人の男が走ってくる。どちらも柄が悪い。

堅気ではないだろう。ともに二十代の後半と思われた。おおかた街娼《がいしょう》が地回りの若い衆に場所代《ショバ》を払わなかったのだろう。

百面鬼はバッティングセンターを飛び出し、区役所通りまで疾駆《しっく》した。

二人の男は何か大声で喚《わめ》きながら、ランジェリー姿の金髪女を追っていた。百面鬼は男たちを追いかけはじめた。

助走をつけて高く跳《と》び、紫色のシャツを着ている男の背に飛び蹴《げ》りを見舞う。

男は両腕で空《くう》を掻《か》きながら、前のめりに倒れた。顔面をまともに打ちつけたらしく、長く呻《うめ》いた。

相棒が立ち止まって、体ごと振り向いた。派手な縞柄《しまがら》のジャケットをTシャツの上に重ねている。

百面鬼は男に走り寄って、大腰《おおごし》で投げ飛ばした。

転がった男の腹を蹴り、逃げる女を追う。

気配でブロンドの女が振り向いた。すぐに彼女の整った顔が引き攣《つ》った。どうやら二人組の仲間と思われたようだ。ランジェリー姿の女は全力疾走しはじめた。

自分は堅気には見えないらしい。百面鬼は苦笑し、女を追いつづけた。

女は人波を縫《ぬ》いながら、懸命に逃げていく。

百面鬼は新宿署刑事課強行犯《きようこうはん》係の刑事だが、風体《ふうてい》は筋者《すじもの》そのものだ。剃髪頭《スキンヘッド》で、いつも薄茶のサングラスをかけている。身なりも常に派手だ。目立つ色の背広を好《この》んで着込み、左手首にはオーディマ・ピゲの宝飾時計を嵌《は》めている。

きょうは麻の白いスーツで、シャツは黒だ。ネクタイは黒と山吹色《やまぶきいろ》のプリント柄である。靴は白と黒のコンビネーションだった。

三十九歳だが、肩と胸の筋肉は厚い。身長は百七十三センチだが、体重は八十キロを超えている。がっしりとした体型だった。

金髪女は風林会館《ふうりんかいかん》の横で通行人とまともにぶつかり、舗道に倒れた。百面鬼は走り寄って、女を摑《つか》み起こした。

「放して！　わたしに変なことする。それ、よくない。あなた、警察に捕まるね」

女が日本語で言った。幾分、たどたどしかった。

「おれは捕まえるほうだ」

「それ、何？　意味、わからない」

「おれは警察の人間だってことさ」

「それ、嘘《うそ》ね。どう見ても、あなたはやくざ《ギャングスター》よ」

「やっぱり、そう見えるかい？　けど、おれは刑事なんだ」

百面鬼は上着のポケットから警察手帳を抓《つま》み出し、短く呈示《ていじ》した。

「わたし、あなたに謝《あやま》る。ごめんなさいね」

「いいさ、気にすんなって。それより、二人の男になんで追われてるんでえ？」

「その質問に答える前に、わたし、あなたにお願いあります」

「なんだい？」

「あなたの上着、ちょっと貸してほしいね。こんな恰好《かっこう》じゃ、わたし、恥ずかしいよ」

女が両腕を交差させた。豊満な乳房の谷間が一段と深くなった。

いつの間にか、周《まわ》りに野次馬《やじうま》が群れていた。

百面鬼は上着を脱ぎ、女に渡した。女が礼を言い、上着の袖《そで》に腕を通す。ボタンを掛けると、黒いパンティーは隠れた。

「ここじゃ目立つな。脇道《わきみち》に入ろうや」

百面鬼は、女を近くの路地に導《みちび》いた。さすがに野次馬は従《つ》いてこなかった。

二人はたたずんだ。

「コロンビア人か？」

「そう。わたしの名前、カテリーナね」

「さっきの二人は、大久保一帯を縄張《シマ》りにしてる吉岡《よしおか》組の若い衆なんだろ？」

「それ、違《ちが》う。あの男たち、偽のGメンね」

「偽のGメン？」

「ええ、そうね。あいつら、東京入管の職員になりすまして、百人町《ひゃくにんちょう》のわたしのアパートを訪《と》ねてきた。それでお金を奪って、それから……」

カテリーナが言い澱《よど》んだ。

「そっちをレイプしようとしたんだな?」

「そう。わたし、体売ってる。だけど、只《ただ》じゃセックスさせないね。だから、トイレに行かせてって嘘ついて、部屋から逃げてきた」

「そうだったのか」

百面鬼は区役所通りに目をやった。さきほどの男たちの姿は見当たらなかった。

およそ半年前から、東京入国管理局のGメンを装った強盗団が大久保や百人町に住む不法滞在の中国人、コロンビア人、イラン人、韓国人、パキスタン人などから現金を奪うという事件が続発していた。上海《シャンハイ》マフィアやコロンビア人犯罪集団のアジトも襲われ、各種の麻薬や拳銃《けんじゆう》も持ち去られている。

新宿署と本庁組織犯罪対策部が合同捜査に当たっているが、いまも犯人グループは検挙されていない。

「わたしの友達のマルガリータ、先月、偽入管Gメンたちに冷蔵庫の中に隠してあった三百五十万円、そっくり奪《と》られた。それだけじゃないね。マルガリータ、三人の男に輪姦《マワ》された。そいつら、お尻《しり》の穴にも突っ込んだ。マルガリータ、お尻に怪我《けが》したよ」

「ひでえことをしやがる」

「マルガリータのお父さん、体よくない。肝臓癌《かんぞうがん》ね。病院のお金、マルガリータがずっと払ってた。でも、もうコロンビアにお金送れないね。マルガリータのお父さん、病院にいられなくなる。とてもかわいそうね。警察、早く悪い男たちを捕まえて」

「そのうち強盗団はひとり残らず逮捕《パク》られるさ」

「偽入管Gメンたち、やり方が汚《きたな》いよ。不法滞在してる人たち、誰も警察に相談できない。だから、日本の言葉で……」

「泣き寝入りだろ？」

「そう、それね。わたしも六十三万円持っていかれた。すごく悔しいよ」

「さっきの奴らがまだ近くにいるかもしれねえな」

「あなた、わたしのお金取り返して。お願い！」

カテリーナが縋《すが》るように言い、百面鬼の片腕を取った。百面鬼は黙ってうなずき、カテリーナとともに区役所通りに戻った。

いつしか夕闇《ゆうやみ》が濃くなっていた。職安通りまで歩いてみたが、例の二人組はどこにもいなかった。

「逃げられちまったようだな。けど、いつか必ず捕まえてやらあ」

「そうして」

「アパートまで送ってやろう」

百面鬼は言った。覆面パトカーは、バッティングセンターの側《そば》の裏通りに駐《と》めてあった。オフブラックのクラウンだ。

同僚の刑事たちは、ワンランク下の車を職務に使っている。百面鬼は署長の弱みを切札にして、自分用の覆面パトカーを特別注文させたのだ。前例のないことだった。

百面鬼は、まともな刑事ではない。

やくざ顔負けの悪党だ。生活安全課勤務時代から数々の悪行《あくぎょう》を重ねてきた。管内には、百八十近い暴力団の組事務所がある。

百面鬼はすべての暴力団から金品を脅し取り、押収した薬物や銃刀は地方の犯罪組織に売り捌《さば》いていた。結構な小遣いになった。

また百面鬼は、歌舞伎町のソープ嬢や風俗嬢とはほとんど寝ている。そうした店のオーナーたちの弱みをちらつかせて、ベッドパートナーを提供させたわけだ。

当然、ホテル代は先方持ちだった。それどころか、逆に〝お車代〟を平然と要求することも少なくない。

百面鬼は、練馬《ねりま》区内にある知恩寺《ちおんじ》の跡継《あとつ》ぎ息子だ。

僧侶《そうりょ》の資格は持っているが、仏心はおろか道徳心の欠片《かけら》もない。並外れた好色漢で、金銭欲も強かった。金のためなら、人殺しも厭《いと》わない。標的が救いようのない極悪人ならば、ためらうことなく葬《ほうむ》ってしまう。

刑事課に異動になったのは二年半ほど前だ。

強行犯係はいつも忙しい。だが、百面鬼はほとんど職務をこなしていなかった。もっぱら強請《ゆすり》やたかりに励《はげ》んでいる。

当然のことながら、鼻抓《つま》み者の百面鬼とペアを組みたがる同僚はひとりもいなかった。署内では厄介者《やっかいもの》扱いされていたが、当の本人は平然としていた。孤立していることで悩んだ覚えはない。それどころか、独歩行《どっぽこう》を愉《たの》しんでいた。

百面鬼はまだ警部補だが、態度はでかい。職階の上の者と廊下で擦《す》れ違《ちが》っても挨拶《あいさつ》どころか、目礼すらしなかった。喋《しゃべ》るときも敬語は使わない。

警察は軍隊と同じで、徹底した階級社会である。

上司と対等の口を利《き》くことさえ許されない。そんなことをしたら、有形無形《ゆうけいむけい》の厭《いや》がらせをされ、職場に居づらくなる。

しかし、百面鬼は傍若無人《ぼうじゃくぶじん》ぶりを発揮しても誰からも咎《とが》められることはなかった。それは、彼が警察官僚《キャリア》たちの弱点を押さえていたからだ。

法の番人であるはずの警察にも、さまざまな不正がはびこっている。腐敗《ふはい》しきっていると言っても過言ではないだろう。

大物政財界人の圧力に屈《くっ》し、捜査に手心《てごころ》を加えてしまうケースは決して珍しくない。そのことは、いまや公然たる秘密である。

収賄《しゅうわい》、傷害、淫行《いんこう》、交通違反の揉《も》み消しは、それこそ日常茶飯事だ。エリート官僚が引き起こした轢《ひ》き逃げ事件が故意《こい》に迷宮入りにされた事例もある。

警察官僚たちは手を汚す代わりに、現金、外車、ゴルフの会員権、クラブセット、高級腕時計、舶来服地などをこっそり貰《もら》っているわけだ。デフレ不況の出口が見えないからか、悪徳警官の数は年々増えている。

銀座や赤坂の高級クラブを飲み歩き、その請求書を民間企業に付け回す不心得者は増加する一方だ。汚《よご》れた金で若い愛人を囲っている警察官僚もひとりや二人ではない。

百面鬼は、そうした不正や醜聞《スキャンダル》の証拠を握っていた。

そんな裏事情があって、現職警官の犯罪を摘発している本庁警務部人事一課監察の管理官や警察庁の首席監察官も百面鬼には手を出せないのである。うっかり彼の悪事を暴《あば》いたら、警察内部の不祥事も露呈《ろてい》しかねない。そうなったら、警察の威信《いしん》は地に墜《お》ちてしまう。

それをいいことに、百面鬼はまさにやりたい放題だった。手を焼いた幹部たちが幾度《いくど》か彼を罠《わな》に嵌《は》めかけたが、いずれも失敗に終わっている。

百面鬼はクラウンのドア・ロックを解除し、先にカテリーナを助手席に坐らせた。

「これ、覆面パトカー？　あなた、わたしを騙《だま》そうとしてる？」

「どういう意味なんでぇ」

「もしかしたら、行き先はわたしのアパートじゃなくて、新宿署じゃない？」

「安心しろ。ちゃんとアパートまで送り届けてやらあ」

「ほんとに？　わたしを騙さないでね」

カテリーナが円《つぶ》らな黒い瞳《ひとみ》をまっすぐ向けてきた。

顔の彫《ほ》りこそ深かったが、どことなく仕種《しぐさ》が東洋人めいていた。日本の男たちに春をひさいでいるうちに、そうした媚《こ》び方を学んだのかもしれない。

「おれは女を騙したりしねえよ」

百面鬼は運転席に乗り込み、すぐさま車を発進させた。

カテリーナのアパートは百人町二丁目にあった。ほんのひとっ走りだった。百面鬼は古ぼけた木造モルタル塗《ぬ》りのアパートの横に覆面パトカーを停めた。

「縁があったら、また会おうや。おれの上着、返してくれねえか」

「ひとりで部屋に戻る。それ、ちょっと怕《こわ》いね。さっきの男たちが待ち伏せしてるかもしれない」

「わかった。部屋まで一緒に行ってやるよ」

「あなた、いい男性《ひと》ね」

カテリーナがウインクし、先に車を降りた。

百面鬼はエンジンを切り、クラウンから出た。カテリーナが車を回り込んできて、ごく自然に百面鬼の手を取った。客がつくたびに、そうしているのだろう。

二人は赤錆《あかさび》の浮いた鉄骨階段を昇った。カテリーナの部屋は、二階の最も奥にあった。角部屋だ。窓から電灯の光が零《こぼ》れている。

カテリーナが恐る恐るドアを開けた。

冷気が流れてきた。エア・コンディショナーは作動中だった。

百面鬼はドアの隙間《すきま》から室内を覗《のぞ》き込んだ。

間取りは1DKだった。人がいる気配はうかがえない。

「誰もいねえみたいだな」

「それ、まだわからない。男たち、奥のどこかに隠れてるかもしれないね」

「いねえと思うが、念のため、おれが先に入ってやろう」

「お願いします」

カテリーナが改《あらた》まった口調で言い、少し横に動いた。百面鬼は靴を脱ぎ、奥の居室《きょしつ》に歩《ほ》を進めた。

やはり、誰も潜《ひそ》んでいなかった。六畳の和室に砂色のカーペットが敷き詰められ、左の壁際《かべぎわ》にセミダブルのベッドが寄せられている。窓側にビニール製のファンシーケースとテレビが並んでいるだけで、ほかに家具らしい物はない。

「わたし、もう安心ね」

カテリーナが初めて笑顔を見せた。百面鬼はベッドを見ながら、無遠慮に確かめた。

「男と暮らしてたようだな」

「それ、もう一年以上も前の話ね。新宿にいるコロンビアの男、たいがい働いてない。ホセも仕事してなかったね」

「そいつはヒモみたいな奴だったんだ？」

「うん、そうね。なのに、ホセはボリビアから来た女と浮気した。だから、別れたね」

カテリーナが寂《さみ》しげに笑い、百面鬼の上着を脱いだ。百面鬼は自分の上着を受け取った。

「あなた、わたしを救《たす》けてくれた。何かお礼したいね」

「妙な気は遣《つか》うなって」

「でも、このまま帰せないよ」

カテリーナがそう言いながら、黒いブラジャーを外した。重たげな乳房が揺れた。すぐにパンティーも脱いだ。

黒々とした飾り毛は短冊《たんざく》の形に繁《しげ》っていた。やはり、頭髪だけブロンドに染めたのだろう。

「体でお礼したいってわけか」

「ええ、そうね。あなた、女嫌い？」

「おれはゲイじゃねえ。女は、三度の飯よりも好きだよ」

百面鬼はにやりとして、手にしていた上着をベッドの上に投げ落とした。

カテリーナがほほえみ、百面鬼の前にひざまずいた。百面鬼はスラックスのファスナーを引き下げ、トランクスの中から分身を摑み出した。まだ欲望は息吹《いぶ》いていない。

カテリーナがペニスの根元を断続的に握り込みながら、亀頭に官能的な唇を被《かぶ》せた。

小刻みにタンギングし、舌の先で笠《かさ》の下をなぞった。かと思うと、鈴口をちろちろと舐《な》めた。実に巧《たく》みな舌技だった。

百面鬼の陰茎《いんけい》は少しずつ力を漲《みなぎ》らせはじめた。

しかし、昂《たか》まり切らない。力強く勃起《ぼっき》する前に次第に萎《な》えてしまう。焦《あせ》れば焦るほど分身は逆に硬度を失う結果になった。

百面鬼は溜息《ためいき》をついた。

彼には少し厄介《やっかい》な性的嗜好《しこう》があった。セックスパートナーの白い裸身に黒い喪服《もふく》を着せないと、完全にはエレクトしない。

交《まじ》わる体位も限られていた。正常位や女性騎乗位では果てるどころか、きまって中折れ現象を起こしてしまう。黒い着物の裾《すそ》を大きくはぐって後背位で結合しないと、射精しなかった。

一種の異常性欲だろう。

歪《ゆが》んだ性癖に呆《あき》れた新妻は、わずか数カ月で実家に逃げ帰ってしまった。

署名捺印《なついん》済みの離婚届が書留で送られてきたのは、ちょうど一週間後だった。百面鬼は妻の求めに応じ、あっさりと離縁した。去る者は追わない主義だった。もう十年以上も昔の話である。

離婚後、百面鬼は生家で年老《お》いた両親と暮らしている。もっとも外泊することが多く、ごくたまにしか親の家には帰らない。

最近は、ほとんど恋人の佐竹久乃《さたけひさの》の自宅マンションに泊まっている。久乃は三十三歳のフラワーデザイナーだ。都内に幾つかフラワーデザイン教室を持っている。

「わたしのオーラル・セックス、下手《へた》？」

カテリーナが百面鬼の下腹部から顔を離し、もどかしげに訊《き》いた。

「そんなことねえよ」

「なのに、どうして途中で軟らかくなっちゃう？　わたし、よくわからないね。どうすれば、あなた、元気になる？」

「実はおれ、少しだけアブノーマルなとこがあるんだ。別に変態ってわけじゃねえんだけどな」

百面鬼はそう前置きして、自分の屈折《くっせつ》したセクシュアル・フェティシズムに触《ふ》れた。

「喪服って、誰かが死んだときに日本の女性が着る和服のことね」

「ああ、そうだ」

「わたし、写真で見たことある。とっても神秘的だった。わたし、一度着てみたいよ」

「素肌にまとってくれるんだったら、持ってくらあ。実を言うと、車のトランクの中に入れてあるんだ」

「わたし、着るよ。着るから、すぐに取ってきて」

カテリーナが立ち上がった。その目は好奇心で輝いていた。

百面鬼は分身をトランクスの中に戻し、スラックスの前を手早く整《ととの》えた。カテリーナの部屋を出て、鉄骨階段を駆け降りる。覆面パトカーのトランクルームから喪服を取り出し、すぐさまカテリーナの部屋に戻った。

「とってもエキゾチックなフォーマルドレスね」

カテリーナは喪服をしげしげと眺めてから、素肌にまとった。白と黒のコントラストが強烈だ。なんとも煽情的《せんじようてき》だった。

百面鬼はカテリーナを抱き寄せた。

カテリーナが心得顔で唇を重ねてきた。さきほどフェラチオをされたばかりだったが、かまわず百面鬼はカテリーナの舌を吸いつけた。

二人は濃厚なキスを交わした。百面鬼は舌を深く絡《から》めながら、カテリーナの乳房とヒップをまさぐった。どちらも弾力性に富んでいた。ラバーボールを揉《も》んでいるような手触《てざわ》りだった。いい感じだ。

カテリーナが喉《のど》の奥でなまめかしく呻きはじめた。すぐに彼女はせっかちな手つきで、百面鬼の男根《だんこん》を剝《む》き出しにした。

百面鬼は愛撫《あいぶ》されているうちに、雄々《おお》しく猛《たけ》った。半歩退《さ》がり、カテリーナの秘《ひ》めやかな部分を探《さぐ》る。

合わせ目は、わずかに綻《ほころ》んでいた。肉の扉《とびら》は肥厚《ひこう》し、火照《ほて》りを帯びている。恥毛はそそけ立っていた。毛脚《けあし》が驚くほど長い。

百面鬼は、下から指で縦筋《たてすじ》を捌《さば》いた。

指先はたちまち熱い潤《うる》みに塗《まみ》れた。百面鬼は中指で蜜液《みつえき》を掬《すく》い取り、痼《しこ》った陰核《クリトリス》に塗《ぬ》りつけた。カテリーナが喘《あえ》ぎ、裸身を小さく震わせた。百面鬼は中指の腹で突起を圧迫し、揺さぶりはじめた。

カテリーナは上下動《じょうげどう》に鋭く反応し、ほどなく立ったまま沸点《ふってん》に達した。その瞬間、内腿《うちもも》に漣《さざなみ》に似た震えが走った。

百面鬼は中指をGスポットに当て、親指の腹で肉の芽を圧《お》し転がした。

カテリーナが啜《すす》り泣くような声を発しはじめた。男の欲情をそそるような声だった。

百面鬼はやや腰を落とし、カテリーナの内奥《ないおう》に薬指も埋めた。

二本の指に緊縮感が伝わってきた。襞《ひだ》の群れが吸いつくようにまとわりついてくる。快感のビートも感じ取れた。

百面鬼はフィンガーテクニックを駆使《くし》した。すると、カテリーナが膝《ひざ》から崩れた。その肩は弾《はず》み、胸は大きく波動している。

「あなた、女殺しね」

「ありがとよ」

百面鬼はスラックスとトランクスを一緒に足首から抜いた。性器は角笛《つのぶえ》のように反《そ》り返っていた。

「おれの好きなスタイルをとってくれねえか」

「オーケー、オーケーね」

カテリーナが陽気な声で言い、獣《けもの》の姿勢をとった。

百面鬼はカテリーナの背後に回り、両膝をカーペットに落とした。喪服の裾《すそ》を大きく捲《まく》り上げると、白桃を想《おも》わせる尻が露《あらわ》になった。生唾《なまつば》が湧《わ》く。

百面鬼は花びらを左右に分け、一気に貫《つらぬ》いた。刺すような挿入《そうにゅう》だった。カテリーナが切なげに呻いて、背を大きく反らせた。

百面鬼はダイナミックに腰を躍《おど》らせはじめた。

2

暗がりで何かが動いた。

人影だった。ひとりではない。二人だ。

百面鬼は鉄骨階段をゆっくりと下《くだ》った。少し前までカテリーナの部屋で情事に耽《ふけ》っていた。カテリーナは性愛の小道具の喪服に刺激されたらしく、狂おしく燃えた。

ラテンの女は想像以上に情熱的だった。百面鬼は煽《あお》られ、ワイルドに応《こた》えた。

カテリーナの裸身はクッションのように弾んだ。極《きわ》みに駆け昇ると、彼女は女豹《めひょう》のように唸《うな》った。母国語で何か口走りながら、裸身をリズミカルに震わせた。

百面鬼はカテリーナが二度目の絶頂に達したとき、一気に精を放った。射精感は鋭かった。背筋が甘く痺《しび》れ、脳天が白く霞《かす》んだ。

二人の男が鉄骨階段の昇降口《しょうこうぐち》を塞《ふさ》いだ。

夕方、カテリーナを追いかけていた男たちだった。どちらも表情が険《けわ》しい。

「意地でもカテリーナを姦《や》ろうってのかっ。それとも反省して、六十三万円を返しに来たのかい？」

百面鬼は二人の男を等分《とうぶん》に睨《にら》みつけた。

と、紫色のシャツの男が腰のあたりからハンティング・ナイフを取り出した。刃渡りは十五、六センチだろうか。

「てめえ、よくも邪魔してくれたな」

「まだ懲《こ》りねえのか。よっぽど手錠《ワッパ》打たれてえらしいな」

「手錠《ワッパ》だと⁉ 渡世人のくせに警官《マッポ》の振りすんのかよっ」

「てめえら、もぐりだな。おれは新宿署の刑事だ」

百面鬼は言いざま、刃物を持った男の胸板を蹴った。相手が後方に引っくり返った。弾みで、ハンティング・ナイフが舞った。

縞柄の上着を羽織《はお》った男が身を屈《かが》め、ナイフを拾おうとした。百面鬼はステップを降り、相手の腹を蹴り上げた。男は地べたに転がった。

百面鬼はハンティング・ナイフを拾い上げ、二人の男の太腿《ふともも》を浅く刺した。少しもためらわなかった。男たちは歯を剥《む》いて唸《うな》った。

百面鬼は縞柄の上着を着た男の懐を探《さぐ》った。内ポケットに札束が入っていた。百面鬼は札束をそっくり抜き出し、自分の上着のポケットに突っ込んだ。二百万円はありそうだった。

「おれの金をどうするんだっ。返せよ！」

「てめえの金じゃねえだろうが。カテリーナたち不法滞在者から奪った金だから、証拠品として押収したんだ。なんか文句あんのかい？」

「おれたちが何をしたってんだよっ」

「ばっくれるんじゃねえ。てめえらは東京入管のGメンになりすましてる強盗団だろうが！」

「おれたち、危《ヤバ》いことなんて何もしてねえよ」

縞柄のジャケットの男が大声で喚《わめ》いた。そのとき、階下の角部屋のサッシ窓が開いた。

顔を出したのは中年男だった。

「喧嘩《けんか》なら、余所《よそ》でやってくれ」

「新宿署の者だ」

「そうなんですか。倒れてる二人、何をやったんです？」

「いいから、引っ込んでな」

百面鬼は中年男に言った。

サッシ窓はすぐに閉められた。百面鬼は屈《かが》み込み、血糊《ちのり》の付着したナイフを縞柄ジャケットの男の顔面に押し当てた。

「強盗団の一味じゃねえだと？」

「同じことを何遍《なんべん》も言わせんなっ。さっき危《ヤバ》いことは何もしてないって言ったじゃねえか」

「世話を焼かせやがる」

「おい、何する気なんだよ⁉」

相手が怯《おび》えた目を向けてきた。

百面鬼は薄く笑って、ナイフの刃を起こした。そのまま無造作に刃先を滑《すべ》らせた。

相手が痛みに顔を歪《ゆが》めた。頬《ほお》から鮮血が噴《ふ》きだした。

「ちょいと箔《はく》をつけてやったんだ。礼を言いな」

「てめーっ！　刑事《デコスケ》がこんなことやってもいいのかよ！」

「よかねえだろうな。けど、おれは好きなようにやってんだ。てめえら、どこの者《もん》だっ。口を割らなきゃ、二人とも殺《や》っちまうぞ。もちろん、正当防衛に見せかけてな」

「てめえこそ、偽刑事なんじゃねえのかっ」

「どうする？　粘《ねば》る気なら、次は小指《エンコ》飛ばすぜ。そうすりゃ、もっと箔がつくだろうよ」

「ふざけやがって」

「上等じゃねえか」

百面鬼は相手の右腕を靴で押さえつけ、ハンティング・ナイフの切っ先を小指の第二関節に押し当てた。

「兄貴、もう喋《ベシャ》っちゃいましょうよ」

紫色のシャツの男が左腿《もも》の傷口を押さえながら、震えを帯びた声で言った。

「舎弟は、まるっきりのばかじゃなさそうだな。ちゃんと限界を知ってる」

「くそっ」

「どうするんでえ？」

百面鬼は男の右腕を右の脚で押さえながら、ナイフの背を左足の靴で軽く押さえた。

「お、おれたちは義友会《ぎゆうかい》小松《こまつ》組の者《もん》だ」

「小松組だって？」

「そうだよ」

男が答えた。義友会は博徒系の組織で、歌舞伎町に事務所を構えている小松組は二次団体だ。

「テラ銭は年に三千万も入らなくなったし、このデフレ不況で重機や観葉植物のリース事業も減収になった。暴対法で飲食店や風俗店から強引にみかじめ料も取れなくなったんで、組の遣り繰り《シノギ》がきついんだよ。麻薬《クスリ》や売春《マメノシル》は御法度《ごはっと》になってるから、最近は上納金も満足に払えない状態なんだ」

「だから、東京入管のGメンに化けて、不法滞在の外国人の金を強奪するようになったってわけか。それから上海マフィアなんかのアジトも襲って、麻薬《クスリ》や拳銃《チャカ》もかっさらってるよな？」

「ああ。そうでもしねえと、小松組は三次団体に格下げになっちゃうからさ」

「てめえの名は？」

「関戸《せきど》だよ」

「紫色のシャツは？」

「久須美《くすみ》ってんだ」

「おめえの話を鵜呑《うの》みにはできねえな」

「な、なんでだよ？」

「組長の小松民夫《たみお》はまだ五十前だが、古風な稼業人だ。遣り繰り《シノギ》がきついからって、子分に強盗までやらせるとは思えねえ」

「兄貴の話、ほんとなんだ」

久須美がそう言い、上体を起こした。

「どうだかな」

「信じてくれよ」

「おめえらが正直者かどうか、すぐにわからあ」

「どういうことなんだよ」

「二人とも立ちな」

百面鬼はナイフの背から左足を浮かせ、腰を伸ばした。そのとき、関戸が焦《あせ》った様子で口を開いた。

「お、おれたち二人を組事務所に連れてく気なのかよ⁉」

「そうだ」

「二人とも脚《あし》を刺されてるんだぜ。おれも久須美も歩けねえよ」

「浅く刺しただけじゃねえか。それに、たいした距離じゃねえ」

百面鬼は取り合わなかった。

小松組の事務所は大久保公園のそばにある。歌舞伎町二丁目だが、ここから四、五百メートルしか離れていない。

「おれたちを組事務所に連れていかないでくれ。きっと組長《オヤジ》は、口を割っちまったおれたち二人を始末する気になる」

「おれ、まだ死にたくねえよ」

久須美が関戸の言葉を引き取った。百面鬼は二人を強引に立たせた。

ちょうどそのとき、カテリーナが階段を降りてきた。

「その男たちね、お金を奪《と》ったのは。どうして、そこにいる?」

「おれを待ち伏せしてたんだ。おれをぶちのめしたら、そっちをレイプする気だったんだろう。けど、そうは問屋が卸《おろ》さねえ。そうだ、銭《ぜに》は取り返してやったぜ」

百面鬼は上着のポケットから札束を摑み出した。カテリーナが歩み寄ってきた。

「二百万はあるだろう。そっくり貰っとけや」

「奪《と》られたのは六十三万ね。その分だけ返してもらえばいい」

「レイプされそうにもなったんだ。迷惑料も貰っときな」

百面鬼は札束をカテリーナの手に握らせた。カテリーナは少しためらってから、札束をバッグの中に収《おさ》めた。

「こいつらの金玉を蹴ってやれや」

百面鬼は、けしかけた。カテリーナがうなずき、パンプスの先で関戸と久須美の股間《こかん》を蹴り上げた。

二人は呻きながら、その場にうずくまった。

「あなた、そのナイフで二人の腿《もも》を刺した？」

「ああ。おれの質問に素直に答えなかったんでな。こいつらは犯行を認めたよ」

「何者なの？」

「義友会小松組の組員と言ってるが、真偽はまだ確かめてねえんだ」

「この二人、新宿署に連れていく？」

「うん、まあ」

百面鬼は曖昧《あいまい》に答えた。

「だったら、マルガリータから三百五十万奪《と》った三人組のことも喋らせて。オーケー？」

「もちろん、そうするさ。これから、商売《ビジネス》かい？」

「そのつもりだったね。でも、お金戻ってきた。だから、仕事はお休みにする」

「そうしなよ。さっきのナニで疲れてるだろうからな」

「うん、ちょっとね。あの黒い着物、ほんとに貰っちゃってもいいの？」

「スペアの喪服は何枚もあるんだ。記念にやったんだから、好きに使ってくれ」

「それなら、ネグリジェ代わりにする。そうすれば、あなたのこと、ずっと忘れないね」

「いい殺し文句だ」

「その日本語、わからない」

「ちょっと説明するのは難しいな。そんなことより、部屋でゆっくり寝《やす》めや」

「わたし、そうする。ありがとね」

カテリーナは百面鬼の頰にくちづけすると、鉄骨階段を駆け上がった。

「立ちな」

百面鬼は男たちに命じ、血に染まったハンティング・ナイフを遠くに投げ捨てた。関戸と久須美がのろのろと立ち上がった。

覆面パトカーをチンピラどもの血で汚したくない。やはり、この二人を組事務所まで歩かせよう。

百面鬼は男たちの背を押した。

関戸と久須美は傷ついた片脚を庇《かば》いながら、一歩ずつ歩きはじめた。病《や》み上がりの老人のように歩《あゆ》みはのろかった。

百面鬼は幾度ももどかしさを覚えたが、じっと堪《こら》えた。裏通りをたどって職安通りに出たとき、不意に二人が小走りになった。

関戸と久須美は逆方向に進んでいる。示《しめ》し合わせて、逃げることにしたのだろう。

しかし、どちらも速《はや》くは走れない。百面鬼は先に兄貴株の関戸を取り押さえ、久須美を呼びとめた。

「こっちに戻ってきな」

「………」

「戻ってこなかったら、関戸の首の骨をへし折っちまうぜ」

「わ、わかったよ」

久須美が観念し、百面鬼たちのいる場所に引き返してきた。関戸が長嘆息《ちょうたんそく》した。

百面鬼は二人の間に入り、それぞれの片腕をむんずと掴んだ。関戸たちを引っ立てながら、職安通りを渡った。

新宿ハローワークの脇の裏通りに入ると、二人の男はにわかに落ち着きを失った。

「ここで見逃してくれねえか。おれたち、殺されちまうよ」

関戸が言った。

「チンピラのおまえらの命《タマ》まで奪《と》りやしねえさ。せいぜい半殺しにされるだけだろうよ」

「その程度で済むわけねえ。頼むから、勘弁してくれや」

「ひとり一億出すなら、見逃してやってもいいな」

「そんな大金あるわけねえだろうが」

「だったら、諦《あきら》めな」

百面鬼は冷然と言い、男たちの腕を強く引っ張った。二人は足を引きずりながら、渋々、従《つ》いてきた。

小松組の事務所は、少し先の雑居ビルの五階にある。といっても、代紋《だいもん》は掲《かか》げられていない。テナントプレートには、『小松エンタープライズ』という社名が記《しる》されているきりだ。

ほどなく目的の雑居ビルに着いた。

そのとたん、二人が怯《おび》え戦《おのの》きはじめた。かまわず百面鬼は、男たちをエレベーターの函《ケージ》に押し込んだ。五階でエレベーターが停止すると、関戸と久須美は函《ケージ》の床に坐り込んでしまった。

「てめえら、いくつなんでえ？　駄々《だだ》っ子みたいなことをするんじゃねえ！」

百面鬼は怒鳴《どな》りつけ、二人を函《ケージ》から蹴り出した。関戸たちは『小松エンタープライズ』のオフィスまで這《は》い進んだ。

百面鬼は無断で事務所のドアを開けた。顔見知りの舎弟頭が二人の若い組員と花札に興《きょう》じていた。ほかには誰もいなかった。

「旦那《だんな》、そいつらは誰なんです？」

舎弟頭の清水《しみず》が長椅子《ながいす》から立ち上がった。若い衆が慌《あわ》てて花札を片づけた。

「この二人は小松組に足《ゲソ》つけてると言ってる」

「そいつらは、うちの構成員じゃありませんよ。吹《ふ》かしこいたんでしょう」

「やっぱり、そうだったか。半年ほど前から東京入管のGメンを装った強盗団が不法滞在してる外国人の自宅やアジトに押し入って、金品を強奪してる犯行《ヤマ》は知ってるよな？」

「ええ。その二人は強盗団の一味なんですか？」

「ああ、そうだ。偽入管Gメンは小松組の組員だと言ってる」

百面鬼は説明し、関戸と久須美に胡坐《あぐら》をかかせた。角刈りの清水が血相を変え、二人の前に立った。

「てめえら、なんだって小松組に罪をなすりつけやがったんだっ。だいたいどこの身内なんでえ？」

「おれたち、小松組の組員でしょうが」

関戸が震え声で答えた。清水が若い衆のひとりに目配《めくば》せした。相手がうなずき、すぐに奥から木刀を取り出してきた。

もうひとりの若い組員はどこかに電話をかけた。おおかた組長の小松に連絡をしたのだろう。

「てめえら、ぶっ殺してやる！」

清水が息巻《いきま》き、関戸と久須美の肩を木刀でぶっ叩いた。二人は動物じみた声をあげ、横に転がった。

百面鬼は制止しなかった。事務机に腰かけ、茶色い葉煙草《シガリロ》をくゆらせはじめた。

舎弟頭の清水は関戸たちの背や腰を容赦《ようしゃ》なく木刀で打ち据《す》えた。二人は呻きながら、床《ゆか》を転げ回った。

「そのくらいにしとけや。殺《や》っちまったら、肝心なことを訊《き》けなくなるからな」

百面鬼は清水に言って、事務机から滑り降りた。関戸に歩み寄り、膝頭で相手の腰を押さえつけた。

「どこの身内だい？」

「…………」

関戸は唸るだけで、答えようとしない。

百面鬼は頰の傷口に葉煙草《シガリロ》の火を押しつけた。火の粉《こ》が散る。関戸が泣き声に近い悲鳴をあげた。

「まだ頑張る気か」

「もう勘弁してくれーっ。おれたちは横浜の港仁会《こうじんかい》進藤《しんどう》組の者《もん》だ」

「やっと吐きやがったか。一連の強奪事件を起こしたのは進藤組なんだなっ」

「そ、そうだよ」

「なんで小松組に濡衣《ぬれぎぬ》を着せた？」

「組長《オヤジ》が失敗《ドジ》踏んだときは、小松組の組員になりすませって言ったんだ。細かいことは知らねえ。ほんとだよ。嘘《うそ》じゃねえって」

「小松組はコケにされたわけだ。このまま黙っちゃいねえだろうな」

百面鬼は火の消えた葉煙草《シガリロ》を投げ捨て、おもむろに立ち上がった。そのとき、組長の小松が事務所に駆け込んできた。着流し姿だった。

「百面鬼の旦那……」

「事情は若い衆から電話で聞いたな？」

「ええ」

「進藤組とトラブったことは？」

「ありません。いったい、なぜ進藤組が小松組《うち》に罪をおっ被《かぶ》せようとしたんだろうか。どう考えても、思い当たることはないな」

「そうかい」

「旦那、そいつら二人をおれに預けてもらえませんか」

「どうする気なんでえ？」

「二人を弾除《たまよ》けにして、進藤組に殴り込《カチコミ》みかけます。おれたちの業界は相手に舐《な》められたら、おしまいですからね」

「進藤組長を殺《や》っちまう気だな？」

百面鬼は確かめた。

「その質問には答えにくいですね。旦那は一応、現職の刑事だから」

「仮におれがそっちの犯行《ヤマ》に目をつぶったとしても、進藤の命奪《タマと》ったら、警察は動くぜ。それで、そっちは逮捕《パク》られることになるだろう」

「でしょうね。しかし、面子《メンツ》があります」

「それはわかるが、そっちが刑務所行きになったら、組はどうなる？」

「代貸の中谷《なかや》文博《ふみひろ》が留守を預かってくれるでしょう」

「中谷は、まだ四十だったな？」

「ええ。わたしより八つ年下ですが、中谷は頼りになる男です。ちゃんと組長代行を務《つと》めてくれるでしょう」

小松が言った。

「なんだったら、おれが港仁会の進藤を始末してやってもいいぜ」

「旦那、本気なんですかい？」

「ああ、もちろんさ」

百面鬼は大きくうなずいた。だいぶ前から、恋人の久乃にもうひとつフラワーデザイン教室を持たせてやりたいと考えていた。

「旦那、あっちに行きやしょう」

小松がパーティションで仕切られた奥の組長室に目をやった。百面鬼は小松に導かれ、組長室に入った。

二人はコーヒーテーブルを挟《はさ》んで応接ソファに腰かけた。

「旦那、このわたしを嵌《は》める気なんじゃないでしょうね？」

小松が角張《かくば》った顔を両手で撫《な》でてから、探《さぐ》るような口調で言った。

「おれが職務で点数稼ぎをしたことがあるかい？　そっちを殺人者に仕立てたって、何もメリットはねえや」

「ま、そうですがね。少しまとまった金が必要になったってことなのかな」

「そういうことだ」

「で、殺しの報酬は？」

「五千万と言いてえとこだが、三千万で引き受けてやらあ。ただし、着手金として半金を貰う。残りの千五百万は進藤を始末した後でいいよ」

「三千万ですか。進藤にそれだけの価値があるのかな」

「妙な駆け引きはやめようや。三千万も出したくねえってんだったら、そっちが自分で進藤を殺《や》ればいいさ。けど、そっちが捕まるのは時間の問題だろうな」

「わかりました。三千万払いましょう」

「着手金は、いつ貰えるんだい？」

「明日の午前中までに用意しておきます。正午過ぎに中野の自宅に来ていただけますか」

「ああ、いいよ。二度目の奥さんは若いんだってな」

「若いといっても、もう三十一歳です」

「先妻は五年前に子宮癌《がん》で亡《な》くなったんだったよな？」

「ええ。姐御肌《あねごはだ》で、さっぱりした女だったんですがね。しかし、わたしも男盛りなもんですから、縁あって有希《ゆき》を後添《のちぞ》いに迎えたわけです」

「クラブ歌手だったそうじゃねえか」

「ええ、まあ。歌はそこそこですが、料理は上手《じょうず》なんですよ。一緒に有希の手料理を喰《く》ってやってください」

「わかった、ご馳走《ちそう》になろう。明日の午後一時ごろ、あんたの家《ヤサ》に行かあ」

「お待ちしてます。旦那、進藤組の二人はどうしましょう?」

「そっちに任せらあ」

百面鬼はソファから立ち上がり、組長室を出た。

3

趣《おもむき》のある和室だった。

中野区野方《のがた》にある小松の自宅だ。百面鬼は赤漆《あかうるし》塗りの座卓を挟んで、家の主《あるじ》と向かい合っていた。午後一時過ぎだった。

卓上には十数品の手料理が並んでいる。どれも、小松の後妻がこしらえたものだ。

「おい、百面鬼さんに酌《しゃく》をしてやれ」

小松が有希を促《うなが》した。有希がうなずき、徳利を持ち上げた。

百面鬼は盃《さかずき》を宙《ちゅう》に掲《かか》げたまま、有希の顔を改めて見た。造作の一つひとつが整っているだけではなく、色気もあった。抱き心地はよさそうだ。

「昔から料理上手は床《とこ》上手だって言うよな。組長が羨《うらや》ましいね」

「有希は、ごく平凡な女ですよ」

「そんなことはねえだろ？　これだけの手料理を作れるんだから、夜のほうだって上手なはずだ。ね、奥さん？」

「さあ、どうなんでしょうね」

有希が小首を傾《かし》げた。妖艶《ようえん》な仕種《しぐさ》だった。

「亭主は何も言ってくれねえらしいな」

「え、ええ」

「それじゃ、励《はげ》みにならねえよな。奥さん、おれと一度浮気しようや。迎え腰を使ってくれたら、おれは誉《ほ》めまくるぜ」

「主人がいいと言ってくれたら、いつでもお相手をさせていただきます」

「大人の女はいいねえ。小娘だったら、おれの冗談に本気で怒るに決まってる」

百面鬼は盃を口に運んだ。小松は微苦笑しただけで何も言わなかった。

「どうぞごゆっくり」

有希が徳利を卓上に置き、床の間付きの十畳間から出ていった。小松が手酌《てじゃく》で盃を満たした。

「組長は俠気《おとこぎ》があるから、女たちにモテるんだろうな」

「女にかけては、旦那のほうがずっと上でしょうが。新宿で働いてる女たちは、あらかたコマしたんでしょ？」

「おれに厭味《いやみ》を言ってんのかい？　だったら、例の件は引き受けねえぜ」

「旦那、それは誤解ですよ。別にソープや風俗の娘《こ》たちと只《ただ》で遊んでることを言ったんじゃないんです。相当、数をこなしてると言いたかったんですよ」

「そうかい。ま、いいや。それはそうと、関戸と久須美って野郎はどうしたんだい？」

「舎弟頭の清水に奥多摩の山の中に……」

「殺して埋めさせたんだな？」

「ご想像にお任せします」

「そう警戒すんなって。おれも、あの二人の脚《あし》をハンティング・ナイフで刺してる。共犯みてえなもんだから、署で余計なことは言わねえよ」

「助かります。早速ですが、これをお渡ししておきましょう」

「着手金だな?」

「ええ、それと足のつかない拳銃《ドウグ》を用意させてもらいました」

「そいつはありがてえな」

百面鬼は言って、葉煙草《シガリロ》をくわえた。

小松が座卓の下から蛇腹《じゃばら》封筒を取り出した。大きく膨《ふく》らんでいる。百面鬼は蛇腹封筒を受け取り、中身を検《あらた》めた。

帯封の掛かった札束が十五束とグロック17が入っていた。オーストリア製の拳銃だけを引き抜き、弾倉《マガジン》をチェックする。九ミリ弾が七発詰まっていた。

「必要でしたら、スペアのマガジンをお渡ししますが」

「いらねえよ。一発か二発で、進藤を仕留《しと》めてやらあ」

「頼もしいお言葉だな。それはそうと、簡単な資料を用意しておきました」

小松が着物の袂《たもと》から写真と紙切れを抓《つま》み出した。

百面鬼は、それを受け取った。印画紙には、進藤泰晴《やすはる》の上半身が写っていた。何かの会合に出席したときに撮《と》られた写真のようだった。

進藤は一見、堅気っぽい。髪を七三に分け、地味な色のスーツを着ている。ネクタイも派手ではない。

百面鬼はメモを見た。港仁会進藤組の組事務所は伊勢佐木町《いせざきちょう》にあった。自宅マンションは野毛《のげ》だった。

「進藤には当然、愛人《レコ》がいるよな？」

「鶴見《つるみ》に組を構えてる兄弟分の情報によりますと、無類《むるい》の女好きらしいんですよ」

「女の嫌いな野郎なんていねえだろ？　ゲイは別だがな」

「ま、そうですが、進藤の場合は女狂いに近いらしいんですよ。ひところは十三人も情婦《いろ》がいたって話ですから、オットセイ並の絶倫《ぜつりん》男なんでしょう」

「そりゃ、スーパー級の好き者だな。おれも太刀打《たちう》ちできねえや」

「そうですか。旦那なら、負けてないでしょう？」

「癪《しゃく》だが、負けてらあ。進藤の行動パターンを探《さぐ》りゃ、次々に愛人の家《ヤサ》がわかるだろう」

「でしょうね。兄弟分の話によりますと、進藤は毎日必ず夕方に組事務所に顔を出すそうでさあ」

「そうかい。できるだけ早く動きはじめらあ」

「よろしくお願いします。残りの千五百万は、進藤を始末した後に必ずお支払いしますんで」

た。

「有希の手料理、喰《く》ってやってくださいよ」

小松が手を横に動かした。百面鬼は写真とメモを蛇腹封筒の中に入れ、箸《はし》を手に取った。

「ああ、頼むぜ」

二人は酒を酌《く》み交わしながら、料理をつついた。青柳《あおやぎ》のぬたと山菜の湯葉《ゆば》包み揚げは絶品だった。城下鰈《しろしたがれい》の一夜干《いちやぼ》しもうまかった。牛肉の牛蒡《ごぼう》巻きも美味だった。

「別に善人ぶるわけじゃありませんが、出稼ぎ外国人を狙《ねら》ってる進藤組は汚いですよね。ことに街娼がせっせと溜《た》めた金を奪《と》るなんて赦《ゆる》せない。外道《げどう》も外道でさあ。上海マフィアやコロンビア人グループから麻薬《クスリ》や拳銃《チャカ》を強奪するのは、さほど気になりませんけどね」

小松が言った。

「そっちの言う通りだな。東京入管のGメンに化けるのも卑怯《ひきょう》だね。大久保通りで立ちんぼをやってる外国人売春婦たちは、ヤー公よりも入管の人間を怕《こわ》がってるからな」

「そうですね」

「話は飛ぶが、やっぱり進藤がそっちに罪をなすりつけた理由に思い当たらないかい？」

「ええ」

「組員の誰かが以前、進藤組の奴と喧嘩《ゴタ》でも起こしたんじゃねえのかな」

「代貸の中谷にそのあたりのことを調べさせたんですが、進藤組の組員と問題を起こした奴はひとりもいないというんですよ」

「そうなのか。なぜ、進藤はあんたに濡衣を着せようとしたのか。そいつが謎だな」

「ええ。旦那、進藤を撃《ハジ》く前にそのことを吐かせてくれませんかね」

「いいだろう」

　会話が途切れた。

　それから間もなく、百面鬼は腰を上げた。小松夫妻に見送られて、そのまま辞去した。

　覆面パトカーは小松邸の石塀《いしべい》の際《きわ》に駐《と》めてあった。

　百面鬼はクラウンに乗り込むと、久乃のスマートフォンを鳴らした。電話はワンコールで繋《つな》がった。

「竜一さんね？」

「ああ。いま、渋谷の教室にいるのか？」

「少し前に代々木のマンションに戻ったとこよ。必要な資料を取りに戻ったの。夕方は中目黒の教室に顔を出すつもり」

「久乃、部屋で待っててくれ。渡したい物があるんだ」

「どこかでセクシーなランジェリーでも衝動買いしたんでしょ？」

「そんなんじゃねえよ。とにかく、待っててくれや。大急ぎで代々木のマンションに行くからさ」

百面鬼は携帯電話の終了キーを押し、慌《あわ》ただしく車を発進させた。

二十分そこそこで、久乃の自宅マンションに着いた。百面鬼は蛇腹封筒からグロック17を摑み出し、グローブボックスの奥に突っ込んだ。千五百万円の入った蛇腹封筒を小脇に抱え、車を降りる。マンションの地下駐車場だ。

百面鬼はエレベーターで六階に上がった。六〇五号室に入ると、久乃はリビングソファに腰かけて花の写真集を見ていた。綿ジョーゼットの白っぽいワンピースが涼しげだ。

百面鬼は久乃と向かい合う位置に坐り、札束で膨らんだ蛇腹封筒をコーヒーテーブルの上に置いた。

「何が入ってるの？」

「いいから、開けてみろって」

「はい」

久乃が蛇腹封筒を手前に引き寄せ、手早く紐《ひも》をほどいた。百面鬼は金銭欲が強いが、いわゆる守銭奴ではない。惚《ほ》れた女には惜《お》しみなく散財する。

「あら、お金だわ」

「久乃は、前からフラワーデザイン教室をもうひとつ増やしたがってたよな？」

「ええ」

「千五百万入ってる。ちょっと古いテナントビルなら、そのくらいの保証金で新しい教室を借りられるんじゃねえのか？」

「ええ、充分よ。でも、こんな大金どうしたの？」

「危《ヤバ》い金じゃねえから、安心してくれ。宝くじで当てたんだ」

「ほんとに？」

久乃は疑わしそうな目をしていた。

「もちろんさ。そっちには、いろいろ世話になってるからな。月の半分はここに泊めてもらってるのに、おれは家賃も光熱費も払ってねえ」

「わたしがお願いして泊まってもらってるんだから、そんなこと気にしないで。毎月一度、超一流ホテルでディナーをご馳走になって、デラックス・スイートに泊めてもらってるんだから、それで充分よ。それに、四月には高いネックレスとブレスレットをプレゼントしてもらったしね」

「おれは久乃の喜ぶ顔を見るのが好きなんだよ。だから、遠慮なく受け取ってくれや」

「なんだか悪いわ」

「遠慮すんなって」

「いいのかしら？　ううん、やっぱり甘えすぎよね。そうだわ、無利子で借りるってことなら……」

「水臭いことを言うと、おれ、怒るぜ。面倒臭《くせ》えことは考えねえで、黙って遣《つか》ってくれ」

「そうまで言ってくれるんだったら、竜一さんのお言葉に甘えることにするわ。だけど、本当のことを言ってちょうだい」

「本当のこと？」

百面鬼は訊き返した。

「そう。宝くじで当てたお金じゃないんでしょ？」

「おれが久乃に嘘ついたことがあるか？」

「それじゃ、どういう宝くじなのか教えてちょうだい」

「えーと、サマージャンボだったかな」

「サマージャンボの抽選はまだ先よ」

「そうだったっけ？　グリーンジャンボだったかな。そうだ、間違いねえよ」

「竜一さん！」

久乃が甘く睨《にら》んだ。

「わかったよ。実はな、十年かけて貯《たくわ》えた金なんだ」

「やっぱり、そうだったのね。そんな大切なお金を貰うわけにはいかないわ」

「久乃の夢を一日も早く実現させてやりたかったんだよ。それに、あと何百万か貯金がある。だから、あれこれ言わずに貰ってくれや」

「ありがとう」

「おい、涙声なんか出さねえでくれ」

「だって、嬉《うれ》しくって。わたし、こんなにも竜一さんに大事にされて幸せよ」

「もういいって。涙、早く拭《ふ》いてくれねえか。おれ、ちょっと汗を流してくらあ」

百面鬼はソファから立ち上がった。女の涙は苦手だった。どう対処すればいいのか、いつも困惑してしまう。

百面鬼は浴室に足を向けた。脱衣室兼洗面所で衣服を脱ぎ、頭から熱めのシャワーを浴びた。全身にボディーソープの泡を塗り拡《ひろ》げたとき、浴室のドアが開いた。素っ裸の久乃が恥じらいながら、黙って浴室に入ってきた。

百面鬼は久乃の熟《う》れた裸身を目でなぞった。撫で肩だが、乳房は豊かだ。ウエストのくびれは深い。腰は張っている。

飾り毛は逆三角に生え、艶《つや》やかな光沢を放っていた。白い餅肌《もちはだ》は滑《すべ》らかで、染《し》みひとつない。太腿《ふともも》はむっちりとしている。

「ボディー洗いをしてやろう」

百面鬼は久乃を抱き寄せ、体をそよがせはじめた。久乃の乳首は、瞬《また》く間《ま》に硬く尖《とが》った。

「キスして」

久乃が瞼《まぶた》を閉じた。

百面鬼は背をこごめて、唇を重ねた。幾度かついばんでから、唇と舌を吸いつける。

久乃が喉の奥で甘やかに呻いた。

百面鬼は舌を深く絡《から》めながら、久乃の体を愛撫しはじめた。片手で肩や背を撫で、もう片方の手で白桃を連想させるヒップをまさぐる。弾みが強い。

「好きよ、愛してるわ」

久乃が顔をずらし、喘《あえ》ぎ喘ぎ言った。男を奮《ふる》い立たせるような声だった。

百面鬼はヒップを揉みながら、乳房を交互に慈《いつく》しんだ。すると、久乃が百面鬼の陰茎《いんけい》に触れた。まだ反応は示していない。

久乃は強弱をつけながら、ペニスを握り込んだ。百面鬼のそれは徐々に膨らみはじめた。

「シャワーを浴びたら、寝室で愛し合いたいわ」

「そうしよう」

「ね、先に出てて」

「もう少し戯《たわむ》れ合いてえな」

「ここで、わたしを先にいかせる気なんでしょ？」

　久乃が言った。

　百面鬼はにやついて、少し退《さ》がった。ぷっくりとした恥丘を掌《てのひら》全体でまさぐると、久乃が悩ましげな吐息を洩《も》らした。

　百面鬼は指でピュービック・ヘアを掻《か》き起こし、敏感な突起を探《さぐ》った。

　それは、こりこりに痼《しこ》っていた。芯《しん》の塊《かたまり》は真珠のような手触りだった。ころころとよく動く。百面鬼は人差し指の腹で、敏感の芽を圧《お》し転がしはじめた。

　久乃が息を弾ませ、淫《みだ》らな呻きを発した。

　百面鬼は双葉に似た二枚の肉片を擦《こす》り合わせてから、亀裂を下から捌《さば》いた。笑《え》み割れた合わせ目の奥は熱くぬかるんでいた。

　百面鬼は愛液を肉の芽に塗りつけ、その部分を集中的に刺激した。いくらも経《た》たないうちに、久乃は愉悦《ゆえつ》のうねりに呑《の》まれた。

唸りは長く尾を曳《ひ》いた。裸身の震えはリズミカルだった。

百面鬼は久乃の股《また》を抉《こ》じあけ、内奥《ないおう》に指を沈めようとした。と、久乃が腰を引いた。

「わかったよ」

百面鬼は片腕を伸ばし、フックからシャワーヘッドを外した。先に久乃の泡を洗い落とし、自分の体にも湯の矢を当てた。

シャワーヘッドをフックに掛けたとき、急に久乃が両膝を落とした。すぐに彼女は男根の根元をしごき、亀頭に舌を這《は》わせはじめた。

舌技には技《わざ》があった。百面鬼の性器は勢いづきはじめた。だが、猛々《たけだけ》しくは勃起《ぼっき》しなかった。

いつものことだった。やはり、きょうも喪服の助けがなければ、昂《たか》まり切らないのか。

情けなかったが、どうすることもできなかった。

気持ちとは裏腹にペニスがうなだれはじめた。

「大丈夫よ。わたしが喪服を着れば、竜一さんはいつものように逞《たくま》しくなるわ」

久乃が顔を上げ、優しく言った。

百面鬼は子供のように無言でうなずいた。

4

ネオンが灯《とも》りはじめた。

伊勢佐木町だ。百面鬼は数十分前から、斜め前にある雑居ビルの出入口に視線を注《そそ》いでいた。三階のガラス窓には、進藤商事の文字が見える。港仁会進藤組の事務所だ。

雑居ビルは伊勢佐木町商店街の裏手にある。八階建てだった。

組長の進藤が事務所にいないことは確認済みだ。さきほど百面鬼は所轄署の刑事を装って、進藤組に偽電話をかけたのである。

受話器を取った若い男の話だと、進藤は午後七時前後にオフィスに現われるという。まだ六時半を回ったばかりだ。

百面鬼は葉煙草《シガリロ》をくわえた。そのとき、指先から久乃の肌の匂《にお》いが立ち昇ってきた。脳裏に情事の光景が鮮やかに蘇《よみがえ》った。

久乃は浴室から寝室に移ると、白い肌に喪服をまとった。

その姿を見たとたん、百面鬼はたちまちエレクトした。体の底が引き攣《つ》れるほどの勢いだった。

久乃はいつものように枕に顔を埋め、尻《しり》を高く突き出した。百面鬼は久乃の後ろに回り込み、喪服の裾を少しずつ捲《めく》った。

茹《ゆ》で卵のようなヒップが目に触《ふ》れると、欲情に火が点いた。

百面鬼は喪服の八つ口《ぐち》から左手を忍ばせ、胸の隆起を揉み立てた。右手はシークレットゾーンに潜《もぐ》らせ、肉の芽や花びらを指で弄《もてあそ》んだ。

襞《ひだ》の奥にも指を沈めた。鉤《かぎ》の形に折った指でGスポットや膣口《ちつこう》を擦《こす》ると、久乃は腰を大胆にくねらせた。体の芯《しん》は、しとどに濡《ぬ》れていた。あふれた蜜液は会陰部《えいんぶ》を伝い、愛らしい肛門《アヌス》にまで達した。

百面鬼は尻の双丘を両手で大きく押し割り、愛液を舐め取った。

舌の先がピンクダイヤに触れるたびに、久乃は裸身を小さく震わせた。猥《みだ》りがわしい声も零《こぼ》した。

百面鬼はオーラル・セックスで恋人を頂《いただき》に押し上げてから、体を繋いだ。

襞の群れがペニスにまとわりついて離れない。緊縮感も伝わってきた。

百面鬼は久乃の乳首と陰核《クリトリス》を指でいじりながら、抽送《ちゆうそう》しはじめた。

突くだけではなかった。腰に捻《ひね》りも加えた。結合の深度も加減した。

六、七度浅く分け入り、一気に深く沈む。それが久乃のお気に入りのリズムパターンだった。

百面鬼は久乃を二度沸点《ふってん》に押し上げ、溜《た》めに溜めた性エネルギーを一気に放出した。分身は幾度もひくついた。快感は深かった。思わず声をあげてしまった。

最高のセックスだったが、やはり喪服なしでは昂《たか》まらなかった。

百面鬼は、ダンヒルのライターで葉煙草《シガリロ》に火を点けた。

絶望しているわけではなかった。三カ月ほど前に百面鬼は行きずりの美女の色香に理性を忘れ、彼女をモーテルに連れ込んで犯してしまった。そのときは、ノーマルなセックスができた。

百面鬼は、そのことに感動した。恋人の久乃を棄《す》てる気はなかったが、その美女とも密会を重ねたいと考えていた。

しかし、相手はとんでもない悪女だった。百面鬼を罠に嵌《は》める目的で偶然を装って接近し、要人暗殺を強《し》いたのである。それだけではなかった。色っぽい美人の黒幕は百面鬼の親しい飲み友達まで縛《しば》り首にした。

女に裏切られたショックは大きかった。百面鬼は、それなりの報復をした。そんなわけで、性的な偏《かたよ》りを治してくれた美女とは肌を貪《むさぼ》り合うことができなくなってしまったのである。

能塚亜由《のうづかあゆ》という名だったか。いい女だったが、仕方ない。

百面鬼は葉煙草《シガリロ》を深く喫《す》いつけた。

ちょうどそのとき、上着の内ポケットで私物の携帯電話が鳴った。百面鬼は携帯電話を取り出し、ディスプレイを見た。

発信者は見城豪《けんじょうすぐる》だった。元刑事の私立探偵である。

もっとも探偵業は表向きの仕事で、見城の素顔は凄腕《すごうで》の強請屋《ゆすりや》だ。彼は法網《ほうもう》を巧《たく》みに潜《くぐ》り抜けている悪人たちの弱みを押さえ、巨額の口止め料を脅し取っていた。

百面鬼は、見城の裏稼業の相棒だった。これまでは民間人である見城が強請の材料を集めることが多かった。百面鬼は現職刑事ということで、極力《きょくりょく》、表面には出ないことにしていたのだ。

三十五歳の見城は甘いマスクの持ち主で、腕っぷしも強い。優男《やさおとこ》に見えるが、性格はきわめて男っぽかった。女たちに言い寄られるタイプだが、見城自身も無類《むるい》の女好きだ。テクニシャンでもある。

そんなことで、見城は情事代行人も務《つと》めていた。彼は夫や恋人に背《そむ》かれた不幸な女たちをベッドで慰め、一晩十万円の謝礼を受け取っていた。そのサイドビジネスで毎月五、六十万円は稼いでいたはずだ。

もっとも見城は去年の秋に最愛の女性だった帆足里沙《ほあしりさ》を喪《うしな》ってからは、この四月まで酒浸《びた》りで探偵業はもちろん、二つの裏仕事もやっていなかった。いまはショックから立ち直り、以前の元気さを取り戻している。

「百《どう》さん、今夜あたり『沙羅《さら》』で一杯どう？」

見城が言った。『沙羅』は青山にあるジャズバーだ。二人の行きつけの酒場だった。

「見城ちゃんのオールド・パーを空《から》にしてえとこだが、きょうはつき合えねえな」

「フラワーデザイナーと超一流ホテルでディナーを摂《と》って、デラックス・スイートでしっぽり濡れるわけだ？」

「そうじゃねえんだ。成り行きで、殺しを請《う》け負《お》っちまったんだよ」

百面鬼は依頼人と標的のことを手短に話した。

「いまさら優等生ぶる気はないが、百《どう》さん、殺し屋の看板を堂々と掲《かか》げちゃってもいいのかい？」

「そっちと組んで、おれは救いようのない悪党を何人も殺《や》ってる。それだけじゃねえ。この四月にゃ金を貰って、学者大臣をスナイパー・ライフルで射殺した。いまさらいい子ぶっても遅《おせ》えよ。だから、本格的に殺し屋稼業をはじめる気になったんだ」

「得意の射撃術を活《い》かして、手っ取り早く小遣い稼ぐ気になったってわけか」

「見城ちゃんよ、まさか四つも年上のおれに説教垂《た》れる気じゃねえよな」

「その前に、ちょっと確認させてくれないか。百《どう》さんは銭を積まれたら、相手が善良な市民でも殺《や》っちまうつもりなの？」

「基本的には、おれが人間の屑《くず》と判断した奴だけを始末したいね。けど、どうしても大金が必要になったら、堅気を殺《や》っちまうかもしれねえな」

「そう」

「気に入らねえかい？」

「おれの行動哲学とは違うが、百《どう》さんは百《どう》さんなんだ。裏ビジネスのやり方について、とやかく言う気はないよ。ただ……」

見城が口ごもった。

「ただ、何でえ？」

「百《どう》さんが金欲しさに殺人マシーンのように罪のない連中を平然と始末するようになったら、おれは一緒に酒を飲みたいとは思わなくなるだろう」

「殺し屋にも、それなりの美学を持てってわけか」

「美学というよりも、悪党《ワル》はダンディズムを持ちつづけるべきなんじゃないかな。おれたちは法律を無視して、うまく立ち回ってる狡《ずる》い連中から巨額の口止め料をせしめ、時には処刑もしてきた。しかし、なんの恨《うら》みもない弱者や敗北者を嬲《なぶ》ったりするのは卑劣《ひれつ》だし、みっともないよ。百《どう》さんだって、そう思ってるはずだ。違うかい？」

「ま、そうだな。けどさ、おれは見城ちゃんみてえに自制心があるわけじゃねえから、三億とか五億の札束を積み上げられたら、女子供《おんなこども》もシュートしちまうかもしれねえな」

「そこまでやったら、おれは百《どう》さんに背を向けるだろう」

「見城ちゃん、おれを脅してんのか？」

「脅してるだって⁉」

「ああ。クサい言い方になるけど、おれはそっちのことを親友《マブダチ》と思ってる。男が男に惚《ほ》れたって言ってもいいな。もちろん、変な意味じゃねえぜ」

「おれも百《どう》さんのことは好きだよ。できれば死ぬまで腐れ縁を断ち切りたくない。だから、年上の百《どう》さんに敢《あ》えて苦言《くげん》を呈《てい》したんだ」

「わかってらあ、わかってるよ。見城ちゃんほどカッコつけられねえけど、ただの殺人マシーンにはならねえようにすらあ。念書まで渡せねえけどな」

「百《どう》さんらしい言い方だね」

「おれのことよりも、そっちはどうなんでえ？　裏仕事はともかく、表稼業はせっせとこなしてるのかな」

「先月は浮気調査を三つこなして、蒸発したリストラ亭主の居所も突きとめたよ。そのうち強請《ゆすり》のほうも再開するつもりなんだ」

「そうかい。情事代行は？」

「もうしばらく休業しようと思ってる」

「女は間に合ってるってわけだ。死んだ里沙ちゃんそっくりの伊集院七海《いじゅういんななみ》とは、もう他人じゃねえんだろ？」

百面鬼は問いかけた。国立《くにたち》にあるケーブルテレビ局のアナウンサー兼パーソナリティーの七海は、この四月に殺されてしまった盗聴器ハンターの松丸勇介《まつまるゆうすけ》の知り合いだ。松丸の弔《とむら》いに知恩寺を訪れた七海を見て、百面鬼は危うく声をあげそうになった。見城の死んだ恋人に瓜《うり》二つだったからだ。

「想像に任せるよ」

「見城ちゃん、隠すことはねえだろうが。そっちの一言で、彼女は黒縁眼鏡《くろぶちめがね》をすぐコンタクトレンズに変えた。それは七海ちゃんが見城ちゃんに心を奪われた証拠だね。で、女に手の早《はえ》え見城ちゃんは彼女をものにしちまった。そうなんだろう？」

「まだキスしかしてないんだ」

見城が答えた。

「女たらしが高校生の坊やみてえなことを言うなって。誰がそんな話を信じるよ」

「ほんとなんだよ、百《どう》さん」

「見城ちゃん、どうしちゃったんだ⁉　ひょっとしたら、彼女、ヴァージンかもしれねえと思って、二の足を踏んでるのかい？」

「二十六歳だから、もう体験済みだろう。しかし、彼女は里沙の代用品扱いされてるんじゃないかという僻《ひが》みがあって、もう一歩踏み出してこないんだ」

「そういえば、気も強そうだったし、プライドも高そうだったな。里沙ちゃんの幻影を重ねられるのは迷惑だともはっきり言ってた。で、そっちはどうなんでえ？」

「顔が里沙によく似てるんで興味を持ったことは確かだよ。しかし、別に彼女を代用品にしたいと思ってるわけじゃない」

「つまり、恋愛感情を懐《いだ》きはじめてるってことだな」

「うん、まあ」

「なんか歯切れが悪いな。見城ちゃん、初心《うぶ》な少年に逆戻りしちまったみてえだぜ」

「相手が恋愛下手みたいだから、こっちも少し慎重になってるんだ」

「要するに、彼女を戯《たわむ》れの相手にはしたくないってことか」

「そういうことになるんだろうな」

「だったら、見城ちゃんは彼女にもう惚れちまったんだよ。あの世で里沙ちゃん、喜んでると思うぜ。心底《しんそこ》惚れ抜いてた男が元気を取り戻したんだから、きっとほっとしてるさ」

百面鬼は言った。

「しかし、里沙が死んで一年も経《た》ってないんだぜ。新しい彼女をつくるのは少し早いような気もしてるんだ」

「そんなことはねえって。見城ちゃんがいつまでも過去を引きずってたら、里沙ちゃん、成仏《じょうぶつ》できねえぜ」

「そうかな」

「七海ちゃんと新しい愛を紡《つむ》げって」

「そうするか」

「おれとしちゃ、ちょいと辛《つれ》えけどな。七海ちゃんは松《まつ》の弟子でもあったわけだから、どうしても奴のことを思い出しちまうんだ。おれが松の手を借りなきゃ、あいつは縛り首にされずに済んだんだよな」

「松ちゃんは二十七年しか生きられなかったことを無念がってるだろうが、百さんのことは別に恨んじゃいないさ。知恩寺できちんと弔《とむら》ってやったことは、松ちゃんにも通《どう》じてるよ」

「だといいがね。なんか話が湿っぽくなってきたな。見城ちゃん、近いうちゆっくり飲もうや」

「そうしよう。都合《つごう》のいいときに声をかけてよ」

見城が先に電話を切った。

百面鬼は通話終了キーを押し、短くなった葉煙草《シガリロ》を灰皿の中に突っ込んだ。

そのすぐ後、雑居ビルの前にブリリアントシルバーのメルセデス・ベンツが停まった。運転席から組員と思われる若い男が降り、後部座席のドアを恭《うやうや》しく開けた。車内から姿を見せたのは、進藤泰晴だった。

写真よりも少し老《ふ》けている。淡い灰色の背広をきちんと着ていた。ワイシャツは白で、ネクタイも地味だった。黒革のビジネス鞄を手にしていた。中肉中背だ。

進藤は若い男に何か言い、雑居ビルの中に消えた。若い男はベンツに乗り込み、すぐに走り去った。

進藤は一、二時間、事務所にいるだろう。

百面鬼はクラウンを降り、六、七軒先にあるパン屋まで歩いた。ミックスサンドイッチ、ラスク、パック入りアイスコーヒーを買い、覆面パトカーに戻った。

先にサンドイッチを頬張り、ラスクを一袋平《たい》らげた。それでも満腹にはならなかった。

何か重い夕食を摂《と》りたかったが、あいにく近くにレストランも鮨屋《すしや》もない。我慢するか。

百面鬼は背凭《せもた》れを一杯に倒し、上体を預けた。

十五分ほど過ぎたとき、刑事用携帯電話《ポリスモード》が着信音を奏《かな》ではじめた。

懐からポリスモードを摑み出す。ポリスモードでは、五人との同時通話ができる。捜査対象者の顔写真の送受信も可能だ。制服警官たちには、P《ピー》フォンが貸与されている。

電話をかけてきたのは、本庁公安部公安第三課の郷卓司《ごうたくじ》だった。警察学校で同期だった男で、同《おな》い年だ。

「公安《ハム》関係の情報だったら、いつでも集めるよ」

「春に大物右翼のことで四十万の情報料を渡してやったんで、おまえ、味をしめやがったな」

「えへへ。百面鬼、また小遣い回してくれよ。おまえが職務そっちのけで、丸々と太った豚を咬《か》んでることは薄々わかってたんだ」

「おれを揺さぶってるのか？」

「そうじゃないよ。おれを仲間に入れてほしいだけさ。おれの職場は桜田門だから、その気になれば、捜一《そういち》からサイバーテロ対策課の資料まで集められる」

「わかってらあ、そんなことは」

「だったら、おまえの裏ビジネスにおれも嚙《か》ませろよ。四月に会ったときにも言ったが、公安の仕事には飽《あ》き飽きしてるんだ。出世もどうでもよくなった。少し副収入が欲しいんだよ」

「郷、おれが徒党を組んで何かやるように見えるか？」

百面鬼は訊いた。

「そうは見えないな」

「だろう？　おまえはおれが恐喝屋みたいなことをやってると誤解してるようだが、そんなことはしてねえよ。こないだは個人的なことで、ちょっと郷から情報を入手しただけなんだ」

「そんなに警戒すんなって。おれたち、同じ釜《かま》の飯を喰《く》った仲じゃないか。何があったって、同期のおまえを売ったりしないよ」

「おまえに小遣い稼がせてやろうと思ったときは、こっちから連絡すらあ。あんまり欲張らねえで、じっと待ってろや」

「わかったよ」

郷が通話を切り上げた。百面鬼は舌打ちして、ポリスモードを懐に戻した。

そのとき、パワーウインドーがノックされた。すぐ近くに四十二、三歳の男が立っていた。眼光が鋭い。同じ刑事と思われる。

百面鬼はパワーウインドーを下げた。

「何か用かい?」

「神奈川県警の者です。失礼ですが、警視庁管内の覆面パトカーですよね?」

「新宿署の者だ」

「一応、警察手帳《パス》を見せてもらえますか」

「そっちが先に呈示するのが礼儀だろうがっ」

「ごもっともです。失礼しました。組対《そたい》の井上彰《いのうえあきら》です」

相手が名乗って、警察手帳を見せた。やむなく百面鬼も警察手帳を呈示した。

「実は近くの住民から不審な車がずっと同じ場所に停まってるが、やくざの殴り込みなんじゃないかという通報があったんですよ。まさか同業の張り込みとは思いませんでした」

「新宿で強盗殺人をやった野郎が横浜の知人宅に立ち寄る可能性があったんで、ちょっと張り込んでたんだ」

「その知人宅というのは、斜め前の雑居ビルの三階ですか?」

「雑居ビルの三階?」

「ええ、そうです。三階に港仁会進藤組の事務所があるんですよ」

井上が言った。

「おれがマークしてる被疑者は、堅気のタイル職人なんだ。ヤー公じゃない」

「そうでしたか。もし犯人が組《くみ》関係者なら、捜査のお手伝いをさせてもらおうと思ったんです。上層部は警視庁にライバル意識を剝《む》き出しにしてますが、捜査の現場にいるわれわれは妙な縄張り意識なんか持ってないんですよ」

「おれたちも同じだ。別に神奈川県警と張り合う気なんかない」

「そうですか。何か応援の要請がありましたら、すぐに急行します」

「ちょっと張り込み場所を変えたほうがよさそうだな」

「ええ、そのほうがいいと思います」

「了解！」

百面鬼は軽く手を挙《あ》げ、覆面パトカーを走らせはじめた。四、五十メートル先で路地に折れ、大きく迂回《うかい》して元の通りに戻った。

井上の姿は搔き消えていた。

もしかしたら、進藤がこの覆面パトカーに気づいて、裏で繫がっている井上刑事に様子を見に来させたのかもしれない。

百面鬼はクラウンを雑居ビルから三十メートルほど離れた路上に駐《と》め、ふたたび張り込みはじめた。

第二章　仕組まれた陥穽《かんせい》

1

焦《じ》れてきた。

とうに午後十時を回っていた。だが、進藤は組事務所から出てこない。

百面鬼は欠伸《あくび》をした。

ひどく退屈だった。しかし、焦《あせ》りは禁物だ。マークした人物が動きだすまで、じっと耐える。それが張り込みの鉄則だった。

それにしても、焦れったい。

百面鬼はグローブボックスから、オーストリア製の高性能拳銃《けんじゅう》を取り出した。殺しの依頼人が用意してくれたグロック17だ。

万が一、進藤を殺り損《や》なったときはこの拳銃を小松が隠し持ってたことを切札にして、千五百万の着手金は返さないようにするか。返したくても、もう久乃にあげてしまった。

百面鬼は銃身の冷たい感触を指先で味わってから、グロック17を元の場所に戻した。

数秒後、上着の内ポケットで私物の携帯電話が着信音を刻みはじめた。百面鬼は携帯電話を取り出し、ディスプレイを見た。

発信者は毎朝日報の唐津誠《からつまこと》だった。旧知の新聞記者だ。

四十一歳の唐津は、かつて社会部の花形記者だった。だが、離婚を機に自《みずか》ら遊軍記者になった変わり者である。

唐津は外見を飾ることには無関心な男だった。

脂気《あぶらけ》のない髪はいつもぼさぼさで、無精髭《ぶしょうひげ》を生やしていることも多い。服装にも無頓着《むとん》《ちゃく》だ。上着の襟《えり》が捩《よじ》れていることは珍しくない。スラックスの折り目は消えっ放しだった。

だが、記者魂《だましい》は素晴らしい。スクープした事件は百件を超えているはずだ。正義感はきわめて強い。

といっても、いわゆる優等生タイプではなかった。人情の機微《きび》を弁《わきま》え、弱者に注ぐ眼差《まなざ》しは常に温《あたた》かい。唐津は権力や権威を振り翳《かざ》す人間を軽蔑《けいべつ》している。そのためか、百面鬼の悪人狩りには目をつぶってくれている。見城とも親しかった。

「悪党刑事、元気かい？」

「なんとか生きてるよ。旦那《だんな》のほうは毎晩、ソープ通いかい？」

「おれは金で女を買うなんてことはしないよ」

「それじゃ、自家発電で処理してるわけだ。別れた奥さんの裸身を思い起こしながら、マス搔《か》いてるのかな。それとも、裏ＤＶＤの世話になってるのかい？　旦那のセックスライフを一度じっくり取材してみてえな」

　百面鬼はからかった。

「取材？　いつから新聞記者《ブンヤ》になったんだよ。冗談はこれくらいにして、本題に入るか。三週間前に歌舞伎町のルーマニア・パブのホステス五人が忽然《こつぜん》と姿をくらました事件は当然、知ってるよな」

「一応ね」

「その五人のルーマニア人女性は東欧マフィアが直営してるトップレスバーで働いてたらしいんだが、そのときに北朝鮮の政府高官たちのベッドパートナーを務《つと》めたって未確認情報が入ってきたんだ。その話は事実なのかね？」

「わからねえな。旦那も知ってるように、おれは職務にほとんどタッチしてないからさ」

「それでも、捜査情報は耳に入ってくるだろう？」

「おれ、職場じゃ疫病神《やくびょうがみ》扱いされてるからね。話しかけてくる上司も同僚もいねえんだ」

「そんなふうにいつも予防線張ってると、おたくが見城君とつるんで非合法ビジネスに励んでたことを記事にしちゃうぞ」

「旦那、いつからブラックジャーナリストになったんだい？　治安のためには殉職《じゅんしょく》も厭《いと》わないと思ってる熱血刑事のおれが何か危《ヤバ》いことをしてるわけないじゃないの」

「よく言うよ。見城君と組んで何かボランティア活動でもしてたって言うのか」

唐津が呆《あき》れた声で言い、喉《のど》の奥で笑った。鳩《はと》の鳴き声に似ていた。

「当《ビン》たり《ゴ》！　見城ちゃんとおれは地球の自然保護活動をずっとやってたんだよ。これからは、シリア難民の救援に力を尽くすつもりだ」

「似合わないことを言うなって。『沙羅』で死ぬほど飲ませてやるから、さっきの話の真偽だけでも確かめてくれないか？」

「おれは他人《ひと》の酒も女も大好きだけど、職場じゃ徹底的に嫌われてるからね。誰も協力してくれねえと思うな」

「時間の無駄だったか」

「役に立てなくて悪かったね。そのうち飲もうよ、旦那の奢《おご》りでさ」

百面鬼は電話を切って、葉煙草《シガリロ》を吹かしはじめた。半分ほど喫《す》ったとき、見覚えのあるベンツが覆面パトカーの横を走り抜けていった。

進藤が組事務所を出るのだろう。ベンツは雑居ビルに横づけされた。車の中から例の若い男が出てきて、雑居ビルの前の舗道にたたずんだ。

待つほどもなく進藤が姿を見せた。

組員と思われる若い男がベンツの後部ドアを開けた。進藤がリア・シートに坐った。ドライバーはドアを静かに閉め、急いで運転席に入った。

百面鬼はベンツが走りだしてから、クラウンのヘッドライトを点けた。充分な車間距離をとりながら、ベンツを尾行しはじめた。

ベンツは裏通りから関内《かんない》駅の脇《わき》を抜け、馬車道《ばしやみち》に出た。自宅のある野毛とは逆方向だ。どうやら進藤は、どこかに立ち寄る気らしい。愛人宅に向かっているのだろうか。

百面鬼は慎重にベンツを追尾《ついび》しつづけた。

やがて、ベンツは飲食街に入った。進藤は馴染《なじ》みのクラブかバーに顔を出す気なのだろう。

ほどなくベンツは奇抜なデザインの飲食店ビルの前に停まった。

例によって、若い男が後部座席のドアを開けた。進藤はドライバーに何か指示し、飲食店ビルの中に消えた。ベンツは飲食店ビルの際《きわ》に寄せられた。

百面鬼は覆面パトカーをベンツの数十メートル後方に停め、すぐにヘッドライトを消した。

進藤がガードの若い衆を伴《ともな》わずに飲食店ビルの中に入っていった。お気に入りの女のいる店に行ったようだ。飲食店ビルの一階エレベーターホールで待ち伏せして、標的の頭をミンチにしちまうか。

百面鬼はグローブボックスからグロック17を取り出し、ベルトの下に差し込んだ。

多分、進藤はしばらく飲食店ビルから出てこないだろう。百面鬼はシートの背凭《せもた》れを倒した。そのとき、見覚えのある中年男が飲食店ビルの中に入っていった。

神奈川県警組織犯罪対策部第四課の井上刑事だった。井上は進藤のいる酒場に行くにちがいない。暴力団係の刑事は情報収集のため、やくざと飲食を共にすることが少なくない。

そうこうしているうちに、自然に黒い関係になってしまう。刑事が遣《つか》える捜査費は限られている。暴力団関係者に高級クラブを何軒も奢《おご》られても、相手をせいぜい居酒屋にしか連れていけない。そうしたことで、妙な負《お》い目を感じる刑事も出てくる。

暴力団関係者にとっては、つけ込むチャンスだ。女や小遣いを与えてやれば、相手は返礼のつもりで警察情報を洩《も》らす。接待に弱い刑事たちは、こうして堕落していく。

意外に知られていないことだが、広域暴力団には元刑事の組員がたいてい数人いる。現職時代に味わった酒池肉林《しゅちにくりん》が忘れられなくなって、自ら裏社会に入ってしまうわけだ。

もともと警察官と暴力団員は体質が似ている。どちらも権力に弱く、物の考え方が保守的だ。虚栄心も強い。尊大でもある。

したがって、元警察官でも組員をつづけられる。それどころか、居心地は決して悪くないはずだ。

井上も接待されつづけているうちに、贅沢《ぜいたく》な暮らしに憧《あこが》れるようになったのだろう。男にとって、酒、女、金は魔物だ。

百面鬼は葉煙草《シガリロ》に火を点けた。進藤と井上が一緒なら、エレベーターホールで犯行に及ぶわけにはいかない。

百面鬼はゆったりと一服した。

飲食店ビルから井上が出てきたのは、午後十一時過ぎだった。派手な顔立ちの若い女を伴っていた。井上はにこやかな表情だった。

進藤に女を宛《あて》がわれたようだ。二人は、これからホテルにしけ込むのだろう。

百面鬼はそう思いながら、二人を目で追った。いつの間にか、井上は連れの女の腰に片腕を回していた。ハイヒールを履《は》いている女のほうが十五センチほど背が高かった。

やがて、二人の後ろ姿は見えなくなった。

進藤がひとりなら、予定通りに動くか。百面鬼は車のエンジンを切って、外に出た。湿気を含んだ夜気《やき》がまとわりついてくる。

百面鬼はネクタイの結び目を緩《ゆる》め、飲食店ビルの中に足を踏み入れた。

エレベーターは二基あった。ホールには人の姿はなかった。エレベーターホールの右側に階段が見える。

百面鬼は昇降口の近くに身を潜《ひそ》めた。エレベーターホールからは死角になる場所だった。

二十分ほど経《た》つと、函《ケージ》の扉《とびら》が開いた。

百面鬼は視線を投げた。三人の女に囲まれた進藤が上機嫌な様子で、和服姿の三十四、五歳の女に何か語りかけている。女は馴染《なじ》みのクラブのママだろう。

二人のホステスらしい女は美しかった。ともに二十二、三歳だろうか。

クラブの女たちが見送るのはわかりきったことなのに、ついうっかりしてしまった。

百面鬼は肩を竦《すく》めた。

進藤が女たちと一緒に出入口に向かった。香水の残り香がエレベーターホールに漂っていた。百面鬼もゆっくりと出入口に歩《ほ》を運んだ。

三人の女が飲食店ビルの外に出た。すでに進藤はベンツの後部座席に乗り込んだらしい。女たちが相前後して、深々と頭を下げた。

百面鬼は大股《おおまた》で飲食店ビルを出た。

ベンツは走りだしていた。百面鬼は覆面パトカーに飛び乗り、手早くイグニッションキーを捻《ひね》った。

ベンツは裏通りを左に折れると、高架《こうか》沿《ぞ》いに進んだ。そのまま関内駅前を抜け、横浜スタジアムの脇を通過した。自宅とは方向が違う。進藤は愛人宅に行くのだろう。

百面鬼はステアリングを操《あやつ》りながら、確信を深めた。

ベンツは中華街西門の前を抜けると、西之橋から山手通りに入った。百面鬼は少し車間距離を縮めた。

そのとき、急にベンツがスピードを上げた。フェリス女学院のキャンパスの裏手あたりだった。

尾行に気づかれたのか。

百面鬼はそう思いながらも、アクセルを踏み込んだ。尾行していることを覚《さと》られたとわかったら、一気に加速してベンツを立ち往生させるつもりだ。

この先の元町《もとまち》公園のあたりはこの時刻なら、人影は絶《た》えているだろう。ベンツに駆け寄って、進藤を撃てそうだ。

フランス料理で知られた山手十番館の先で、ベンツは右折した。百面鬼も、同じ道にクラウンを乗り入れた。

ベンツの尾灯《テールランプ》は、だいぶ遠ざかっていた。道の両側には豪邸が建ち並んでいる。

百面鬼は、さらに加速した。

その矢先、脇道からメタリックブラウンのシボレーが走り出てきた。百面鬼は急ブレーキをかけた。

タイヤが軋《きし》み、音をたてた。上体が前にのめった。百面鬼は両腕を突っ張った。

シボレーは進路を阻《はば》む形で四つ角に停止したまま、動こうとしない。

百面鬼はクラクションを高く鳴らした。

すると、シボレーのライトが消された。エンジントラブルを起こした様子ではない。

進藤組の奴が組長を逃がすために、行く手を塞《ふさ》いだのだろう。

百面鬼は覆面パトカーを降り、シボレーに向かって走りはじめた。

と、シボレーの運転手がヘッドライトを灯《とも》した。百面鬼はグロック17をベルトの下から引き抜き、シボレーの前に出た。

ライトの光で、運転席はよく見えない。百面鬼は靴の先で左のヘッドライトを蹴った。ライトが砕《くだ》けた。車内には、ドライバーしか乗っていなかった。

百面鬼はもう片方のライトも蹴って消し、運転席に近づいた。ドアはロックされていた。百面鬼は銃把《グリップ》の角でパワーウインドーをぶっ叩き、ドアを蹴りまくった。

一分ほど経《た》つと、ドライバーが観念してロックを解除した。

百面鬼はドアを開け、運転手を引きずり出した。二十八、九歳の男だった。時代遅れのパンチパーマをかけている。

「進藤組の者《もん》だな？」

「あ、ああ」

「名前は？」

「そんなこと、どうでもいいじゃねえか」

「吼《ほ》えるな、チンピラが」

百面鬼は相手のこめかみを銃把《グリップ》の底で強打した。パンチパーマの男が横倒しに転がった。

「やめてくれよ、荒っぽいことは。鈴木《すずき》だよ」

「進藤がおれの尾行に気づいた様子はなかった。神奈川県警の井上刑事がおれのことを進藤に密告《チク》ったんだなっ」

「なんの話をしてんだい？」

「殺すぞ、てめえ！」

百面鬼は、鈴木と名乗った男の腰を思い切り蹴った。鈴木が体を丸めて、長く唸《うな》った。

「どうなんでえ？」

「あんたの言った通りだよ。井上さんがあんたのことを組長《オヤジ》に話したらしい。で、組長《オヤジ》はおれに電話してきて、尾行できないようにしろって言ったんだ」

「やっぱり、そうか。てめえも東京入管のGメンに化けて、不法滞在の外国人から金を強奪してやがったんだろ？」

「えっ」

「もう関戸と久須美が自白《ウタ》ってるんだ。空とぼけても意味ねえぜ」

「おれはラオス出身の娼婦《パンスケ》のアパートに行って、四十数万いただいただけだよ」

「ついでに、その女を姦《や》ったんじゃねえのかっ」

「そのくらいの役得がなきゃね。でも、小柄なくせに、あそこはガバガバだったんだ。なんか損した感じだったよ」

「盗人《ぬすっと》たけだけしいぜ！　入管の職員を装うことを思いついたのは組長なんだな？」

「そうだよ。うちの組長《オヤジ》は頭がいいんだ」

「ただ悪知恵が働くだけだろうが。頭がいいとは言わねえよ」

「どうでもいいじゃねえか。それより関戸の兄貴たちは、新宿署の留置場《トリカゴ》に入れられてるんだな？　あの二人から何も連絡がないんで、組長《オヤジ》、心配してたんだ。差し入れはできるんだろ？」

「関戸と久須美は、もう死んでる。犯した罪を深く反省して、二人とも死んで償《つぐな》う気になったみてえだな」

「冗談言うねえ。あの二人は殺されたって、くたばるもんかっ。あんたが関戸の兄貴たちを殺《や》ったんじゃねえのか。そうなんだろっ」

「なぜ、そう思うんでえ？」

百面鬼は訊き返した。

「あんたの狙《ねら》いが読めたからさ」

「どう読めたんだい？」

「あんたは、おれたちが大久保や百人町に住んでる不法滞在者たちから奪《と》った金、それから麻薬《クスリ》や拳銃《チャカ》なんかをそっくり横奪《よこど》りする気なんだろうが？」

「おれをそのへんの小悪党と一緒にすると、てめえの頭《ペテン》を撃《ハジ》いちまうぜ」

「それじゃ、あんたの狙いは何なんだよ？」

「進藤に用があるだけだ。組長は情婦《おんな》の家《ヤサ》にいるんだなっ」

「組長《オヤジ》にどんな用があるんだよ？」

「てめえにゃ関係ねえことだ。愛人《レコ》んとこに案内しな。死にたくなかったら、早く起きろや」

「案内できねえよ。そんなことをしたら、おれは小指《エンコ》飛ばさなきゃならなくなる」

「なら、死ねや」

「撃つな、撃つなよ」

鈴木が言いながら、跳《は》ね起きた。

百面鬼は鈴木に後ろ手錠を掛け、覆面パトカーの助手席に押し込んだ。すぐに運転席に乗り込み、クラウンをバックさせた。迂回《うかい》して、元の通りに戻る。

「ちゃんと道案内しねえと、走ってる車から突き落とすぜ」

「わかったよ。しばらく道なりに進んで、三つ目の信号を右折してくれ。少し行くと、左側に磁器タイル貼《ば》りの八階建てのマンションがある。そのマンションの三〇三号室に組長《オヤジ》の愛人《レコ》が住んでんだ。元レースクイーンだから、なかなかのナイスバディをしてる。瞳《ひとみ》って名で、二十四歳だよ」

「玄関はオートロック・システムになってるのか？」

「いや、誰でも自由に出入りできるマンションだよ」

「そうか。この半年で進藤は不法滞在者たちから、どのくらいの銭《ぜに》をせしめたんだ？」

「現金《ゲンナマ》は七千数百万だけど、麻薬と銃器を浜松の三島《みしま》組に流した分が三億にはなったはずだよ」

「関戸たちは最初、義友会小松組の組員と名乗ってた。てめえも逮捕されたときは、そうしろって進藤に言われてたのかい？」

「東京入管のGメンに化けた十六人は全員、そうしろって言われてたんだ」

「進藤は何か小松組に恨みでもあるのか？」

「そのへんのことはわからねえな」

鈴木が言って、口を結んだ。百面鬼は教えられた通りにクラウンを走らせた。

やがて、目的のマンションに着いた。

百面鬼は覆面パトカーをマンションの少し先に停め、鈴木の手錠を外した。

「小指落《エンコ》としたくなかったら、このままどこかに逃《フケ》げるんだな」

「いいのかよ。そんなこと言って、後ろから撃《ハジ》くんじゃねえの？」

「チンピラを撃っても自慢にゃならねえ」

「もし撃ったら、あの世であんたを呪《のろ》ってやるからな」

鈴木は助手席から転がるように出ると、勢いよく走りだした。あっという間に闇《やみ》の中に吸い込まれた。

百面鬼はクラウンを降り、磁器タイル貼りのマンションに急いだ。

エントランスロビーは、ひっそりと静まり返っている。百面鬼はエレベーターで三階に上がった。上着の右ポケットからピッキング道具を取り出し、三〇三号室に向かう。百面鬼はドアに耳を当てた。玄関ホールのあたりに人のいる気配は伝わってこない。

百面鬼はピッキング道具を使ってドア・ロックを解《と》いた。ドアをそっと開け、土足のまま玄関ホールに上がる。

百面鬼はグロック17のスライドを引き、初弾を薬室《チエンバー》に送り込んだ。後は引き金を絞れば、九ミリ弾が飛び出す仕組みになっている。

短い廊下の先は居間になっていた。電灯が煌々《こうこう》と点いているが、動く人影はない。

間取りは2LDKだろう。百面鬼は忍び足で歩き、居間の白い仕切り戸を開けた。

と、左手にある和室から女のなまめかしい呻き声とモーター音がかすかに響いてきた。

進藤はバイブレーターを使って、愛人の官能を煽《あお》りまくっているようだ。

百面鬼は和室に忍び寄り、襖《ふすま》を細く開けた。

夜具に横たわった全裸の女は、黒い革紐《かわひも》で亀甲《きっこう》縛りにされていた。黒い布で目隠しされていて、顔はよく見えない。

肢体《したい》は肉感的だった。不自然な形で押し拡《ひろ》げられた股間《こかん》には、薄紫色のバイブレーターが深く突っ込まれている。女の足許で電動性具に強弱をつけているのは、全裸の進藤だった。

両肩から二《に》の腕にかけて彫《ほ》りものを入れている。ペニスは半立ちだ。

「瞳、もっと声を出さんかい。おまえのよがり声は最高だ。もっと派手に泣いてくれ」

「あたし、もうじき……」

「いっちゃいそうか？」

「う、うん」

「連続五回いったら、おまえが欲しがってたケリーの赤いバッグを買ってやろう」

「ほんとに？　だったら、あたし、何回でもいっちゃう。ね、もっとバイブの回転数を上げて」

「スケベ女め。これで、どうだ？　覚醒剤《シャブ》喰《く》ったときみたいに早くよがりまくれよ」

「いい、いい！　たまんないわ、気持ちいいっ。いく、いく、いくーっ」

瞳が極《きわ》みに達し、憚《はばか》りのない声を撒《ま》き散らしはじめた。進藤の男根《だんこん》がそそり立った。

百面鬼は襖を一杯に横に払った。

進藤がぎょっとして、振り向いた。何か言いかけたが、言葉にはならなかった。

「義友会の小松は濡衣《ぬれぎぬ》を着せられて、だいぶ頭にきてたぜ。奴にどんな恨みがあるんでえ？」

「板前をやってるおれの弟が去年、小松組の賭場《とば》で五百万も負けちまったんだよ」

「そういうことだったのか」

「小松に頼まれて、おれの命《タマ》奪《と》りに来やがったんだなっ」

「そういうことだ。くたばんな」

百面鬼はグロック17の引き金を一気に絞った。銃声が走り、進藤の頭が砕《くだ》け散った。

血の塊《かたまり》が瞳の白い肌に飛び散る。進藤が畳の上に倒れ、それきり動かなくなった。

「パパ、何があったの⁉　バイブのスイッチを切って。そこにいるのは誰なの？」

「名乗るほどの男じゃねえよ。電池がなくなるまで、よがり声をあげてな」

百面鬼は進藤の愛人に言って、悠然《ゆうぜん》と和室を出た。

2

久乃が慌《あわ》ただしく出かけた。

百面鬼は長椅子《ながいす》から上体を起こし、読み終えた朝刊をコーヒーテーブルに載《の》せた。代々木にある恋人の自宅マンションだ。

進藤を愛人宅で射殺した翌日の午前十時過ぎである。朝刊では前夜の事件のことはまだ報じられていなかった。

百面鬼は遠隔操作器《リモート・コントローラー》を使って、大型液晶テレビの電源を入れた。チャンネルを次々に替えてみたが、あいにくニュースを流している局はなかった。

瞳の部屋を出るとき、自分の指紋《モン》はきれいに拭《ぬぐ》った。自分が神奈川県警に疑われるようなことはないだろう。仮に鈴木ってチンピラ組員が所轄の山手署に自分のことを話したとしても、空とぼければいい。

百面鬼は長椅子から腰を上げ、居間に隣接している寝室に入った。

ベッドメーキングされていて、情事の名残《なごり》は何もない。皺《しわ》だらけの喪服も久乃の手によって、どこかに片づけられていた。

横浜から久乃のマンションに戻ったのは、午前一時過ぎだった。久乃はベッドで文庫本を読んでいた。女性作家のエッセイだった。

百面鬼は寝室に入る前から、いつになく烈《はげ》しい性衝動《リビドー》に駆られていた。進藤を撃ち殺したことが欲情を掻き立てたのか。あるいは、黒い革紐で亀甲《きっこう》縛りにされていた瞳の淫《みだ》らな姿が脳裏にこびりついていたからなのか。

百面鬼は久乃の手から文庫本を取り上げると、シルクのパジャマとパンティーをせっかちに脱がせた。自分も衣服をかなぐり捨て、久乃にのしかかった。唇と乳首を吸いつけると、すぐに久乃の秘部に顔を埋めた。

舌を使いはじめて間もなく、百面鬼は珍しく勃起《ぼっき》した。ノーマルな性行為ができそうな予感が胸に宿《やど》った。

百面鬼は正常位で体を繋いだ。

意外な行動に久乃は一瞬、戸惑《とまど》ったような表情を見せた。だが、すぐに嬉《うれ》しそうに太腿《ふともも》で百面鬼の胴を挟みつけた。

百面鬼は、がむしゃらに動いた。

突き、捻《ひね》り、また突く。久乃は喘《あえ》ぎながら、大胆な迎え腰を使いはじめた。

そのとたん、ペニスは硬度を失ってしまった。百面鬼の体の変化を敏感に感じ取った久乃は、腰の動きを止めた。しかし、百面鬼は〝中折れ現象〟から脱することはできなかった。

ほどなく分身は抜け落ちてしまった。久乃は百面鬼に励ましの言葉をかけ、すぐさま萎《な》えた陰茎《いんけい》をくわえた。

彼女はオーラル・セックスに熱を込め、親指の腹で袋の下をぐりぐりと圧《お》しつづけた。

だが、百面鬼はわずかに亀頭が膨らんだだけだった。久乃はそれでも前立腺を圧迫しつづけ、後ろのすぼまった部分に小指を挿入した。

前立腺《ぜんりつせん》を刺激すると、勃起力が増す。

男女を問わず、肛門はれっきとした性感帯である。その部分を舐められれば、快感を覚えるものだ。若い男なら、小指を埋められただけで、たいがいハードアップする。

しかし、百面鬼は昂《たか》まらなかった。結局、いつものように喪服の力を借りることになった。

久乃は少しパターンを外す気になったらしく、片方の袖《そで》には腕を通さなかった。片側の白い肩は剝《む》き出しのままだった。

それは、ある種の新鮮さを与えた。たちまち百面鬼は、猛々しくいきり立った。

ペニスの血管は膨れ上がり、青筋を立てていた。ふぐりは引き攣《つ》れたようにすぼみ、鈴口には透明な体液がにじんでいる。

百面鬼は次々に体位を変えながら、久乃を何度も満足させた。そして、彼自身は後背位で果てた。

二人は余韻《よいん》を全身で汲《く》み取ってから離れ、そのまま眠りに落ちた。

小松から半金の千五百万を貰わなければならない。

百面鬼はベッドに浅く腰かけ、サイドテーブルの上から私物の携帯電話を摑み上げた。ちょうどそのとき、着信音が響きはじめた。発信者は小松だった。

「いま、そっちに電話しようと思ってたんだ」

百面鬼は先に口を開いた。

「そうですかい。旦那、テレビのニュースで進藤のことを知りました。一発で仕留《しと》めてくれたんですね。さすがだな」

「相手は素っ裸で、愛人《レコ》と変態プレイの最中だったんだ。一発も使うことはねえだろうが」

「そういう状況なら、そうでしょうね。進藤がやっぱり偽入管Gメン強奪事件の首謀者だったんでしょう?」

「ああ、若い組員がそれを認めたよ。当の進藤には、わざわざ確かめなかったけどな」

「そうですか。進藤は、なんで小松組の犯行《ヤマ》に見せかけたんです？　旦那、そのあたりのことは？」

「訊いたよ。進藤の実弟が小松組の賭場《とば》で五百万負けたとか言ってたな。そいつは板前をやってるらしいんだ。堅気に五百万も遣《つか》わせたことに腹を立てたんだろう、兄貴としてはな」

「進藤姓の客はいなかったと思いますがね」

「賭場で本名を使わねえ客は大勢いるだろうが」

「ええ、それはね」

「小松組の賭場は、サイ本引《ほんび》きとバッタマキだったな？」

「ええ、そうです。毎週三回も盆が立ってたころは手本引《てほんび》きもやってたんですが、関東の人間は長丁場《ながちょうば》の勝負は好きじゃないでしょ？」

「そうだな。で、サイ本引きを売りにするようになったわけだ」

「そうです。旦那はご存じでしょうが、本引きってのは回り胴だから、自分が胴取ったときにうーんと抜かなきゃ、潰《つぶ》されちまいます」

「経験と博才《ばくさい》が物を言うわけだな」

「その通りでさあ。サイ本引きも最近は廃《すた》れ気味で、バッタマキが多くなりましたね」

ている。

小松が言った。バッタマキというのは、花札を使った博打《ばくち》だ。俗にアトサキとも呼ばれている。

「客筋は中小企業のオーナー社長、医者、弁護士、政治家が多かったよな？」

「ええ、そうです。いわゆる旦那衆が大半なんですが、近頃はサラリーマンや自営業の連中もちびちびと賭《か》けてますよ。うちは、いかさま《サマ》は一切《いっさい》やってないんで、鮎《あゆ》の友釣りじゃありませんが、客が客を連れてきてくれるんでさあ」

「進藤の弟も誰かに連れられて、小松組の賭場に顔を出すようになったんだろう。しかし、五百万もぶち込んだとしたら、中盆や合力《ごうりき》が進藤の弟のことを鮮明に憶《おぼ》えてそうだな」

百面鬼は言った。中盆は札を撒《ま》く者のことで、合力は場《ば》に出ている金を仕切る人間を指《さ》す。

「十万円を一折《ひとお》りにしたズクで張りつづける旦那衆が結構いますんで、パンケン（チップ）使って遊んでる客は印象が薄いんですよ。それに、五百万も負けたというのは吹かしだと思います。堅気《ネス》がそこまで熱くなるケースは、めったにありませんからね」

「確かにそうだな。筋嚙《すじか》んでる勝負師は三千万、四千万の借金をこさえて、てめえの女房《バシタ》や情婦《おんな》をお風呂《ソープ》で働かせたりしてるけど、勤め人はボーナスをそっくり注《つ》ぎ込む程度なんだろう？」

「そうですね。それはそうと、旦那、ありがとうございました。お約束した残りの千五百万は、きょうの夕方お支払いします。午後六時にさくら通りの『しのぶ』に来ていただけますか」

「そこは、そっちの行きつけの小料理屋だったな」

「ええ、そうです。奥の座敷を押さえておきますんで、ゆっくり飲《や》りましょうよ」

小松が電話を切った。

百面鬼は終了キーを押し、携帯電話をサイドテーブルの上に置いた。そのとき、刑事用携帯電話《ポリスモード》の着信音が鳴りはじめた。

発信者は新宿署刑事課課長の鴨下進《かもしたすすむ》だった。ノンキャリア組だが、四十七歳のときに課長のポストに就《つ》いた出世頭だ。いまは五十二歳である。

「ちょっと訊きたいことがあって、電話したんだ。昨夜、きみは横浜にいなかったかね？」

「いきなり何なんでえ？　説明してほしいな」

「いいだろう。きのうの深夜、港仁会進藤組の組長の進藤泰晴が愛人の森谷《もりや》瞳の自宅マンションで何者かに射殺された。その事件《ヤマ》のことは知ってるか？」

「知らねえな。少し前に起きたばかりで、朝刊も読んでないし、テレビのニュースも観《み》てねえんだ」

「そうなのか」

「それで？」

「ついさきほど匿名《とくめい》の密告電話があったんだが、きみが前夜の横浜の射殺事件に深く関与してると言うんだよ」

「だから、おれのアリバイを……」

「ま、そういうことだ。きのうの晩は、どこでどうしてた？」

「きのうは、ずっと都内にいたよ。横浜なんかにゃ行ってねえって」

「都内のどこにいたんだね？　具体的に答えてくれ。連れがいたんだったら、その人物の名前と連絡先も教えてもらいたいね」

「ちょっと待ってくれや。課長は密告を真《ま》に受けて、このおれを疑ってるんだなっ」

百面鬼は絡《から》んだ。

「別に疑ってるわけじゃない。一応、アリバイ調べをやっておくべきだと思ったんだよ」

「おれは情けねえよ。課長は、おれの直属の上司なんだぜ。確かにおれは品行方正とは言えねえ。けどさ、おれはあんたの部下なんだ。部下を疑うなんて、ひでえじゃねえか」

「百面鬼君、冷静になってくれ。繰り返すが、わたしはきみを被疑者扱いしてるつもりはない。むしろ部下の潔白を証明したかったから、敢《あ》えて訊きにくいことを……」

「わかったよ、教えてやらあ。きのうは知り合いの女と区役所通りでばったり会って、彼女の自宅に遊びに行ったんだ」

「その女性の名前と住所は？」

鴨下が早口で問いかけてきた。

「どっちも教えられねえな」

「どうして？」

「相手は人妻なんだよ。旦那が出張中に彼女は、このおれを無断で家に泊めたんだ。課長が裏付《ウラ》けを取るために問い合わせの電話をかけただけで、彼女はパニックに陥《おちい》るだろう。神経がすごくデリケートなんだよ」

百面鬼は、とっさに思いついた嘘《うそ》を澱《よど》みなく喋《しゃべ》った。

「相手の方にはショックを与えないような訊き方をするよ。それでも、まずいかね？」

「ああ」

「困ったな。その女性に電話もできないとなると、きみのアリバイが成立しないということになる」

「こっちの言葉をすんなり信じりゃいいんだ」

「しかし、単なる中傷やいたずら電話じゃなさそうだったんでね」

「課長、それはどういうことなんだい？」

「密告者は一般電話じゃなく、警察電話《ケイデン》を使ってたんだよ」

鴨下が言いづらそうに答えた。警視庁警務部人事一課監察の者か、警察庁の首席監察官に尾行されていたのか。

百面鬼は一瞬、そう思った。しかし、尾《つ》けられている気配はまったくうかがえなかった。

瞳のマンションの前で解放してやった鈴木が、組長の進藤と癒着《ゆちやく》していた神奈川県警の井上刑事に百面鬼が犯人臭いと注進《ちゆうしん》に及んだのか。それとも井上自身が刑事の勘を働かせて、進藤を撃ち殺したのは百面鬼だろうと見当をつけたのだろうか。

「密告者は神奈川県警の電話を使ったんじゃねえの？」

「百面鬼君、何か思い当たるんだな」

「実は個人的なことで、神奈川県警にいる男に逆恨《さかうら》みされてるんだ。その野郎がおれを困らせる目的で、でたらめな電話をかけたにちがいねえ」

「その男の名前は？　警視庁の刑事を陥れようとしたんだったら、黙ってはいられない。

「神奈川県警に断固として抗議するよ」

「尻《けつ》の穴の小《ちい》せえ男はほうっとこうや。まともに相手になるのもばかばかしいって」

「しかし、このままじゃ、わたしの立場がないよ。百面鬼君、密告電話をかけてきた男の名前を教えてくれ」

「うざってえな」

「おい、きみ！　上司に向かって、その口の利《き》き方はなんだっ」

「おれに文句があるんだったら、署長室で話を聞いてやらあ」

「えっ」

「課長、どうする？　なぜだか署長は、おれに特別に目をかけてくれてるんだよな。覆面《メン》パトも、わざわざおれ専用に特別注文してくれたし、車種もクラウンにしてくれた。おれ、ひいきされてるんだよな。その理由《わけ》は、課長も察しがつくよね？」

「うん、まあ。署長は仕事のできる方だが、なかなかの艶福家《えんぷくか》でいらっしゃるから、過去に多少のスキャンダルがあったのではないかと……」

「いまも愛人を囲ってるんだよ、三人もな。その三人は働いてもねえのに、警備保障会社、店舗専門の不動産会社、信号機製造会社からそれぞれ六十万円の月給を貰ってる。つまり、署長は三人のお手当を三つの会社に肩代わりさせてるわけだ。友人に政治家が多いんで、裏金の作り方も学んじまったんだろうな」

「なんと答えればいいのかね？」

「何も言わなくたっていいよ。ただ、おれが署長の金玉握ってることは課長も忘れないことだな。署長は、おれの言いなりなんだ。課長を奥多摩あたりの所轄に飛ばしてもらうことなんて、わけないんだぜ」

「百面鬼君、わたしが軽はずみだったよ。きみが殺人事件に関与してるわけない。わたしはきみを信じてるよ。だから、もう余計なことは何も訊かない。それでいいんだね？」

鴨下がおもねる口調で言った。

「課長は物分かりがいいね。もっと出世するだろうな」

「いまのポストで充分だよ。高望みなんかしないから、署長にわたしの悪口は絶対に言わないでほしいんだ。頼むよ、百面鬼君」

「他人《ひと》に何か頼むんだったら、せめて君《くん》づけじゃなく、さんづけにしてくれや」

「そうだね。百面鬼さんの言う通りだ。これからは、ずっとさんづけで呼ばせてもらうかな」

「好きにしなよ」

百面鬼は通話を打ち切って、葉煙草《シガリロ》をくわえた。

一服し終えたとき、またもやポリスモードが鳴った。ディスプレイを見ると、公衆電話と表示されている。

「百面鬼さんですね？」

井上刑事の声だった。

「こっちのポリスモードのナンバー、どうやって調べやがったんだっ」

「あんまり素人っぽいことを言わないでくださいよ。われわれ刑事がその気になれば……」

「そうだな、愚問だったよ。新宿署に匿名の密告電話をかけたのは、そっちだなっ」

「ええ、そうです」

「なんで警察電話なんか使いやがったんだ？」

「密告内容が偽情報《ガセネタ》じゃないということを先方に教えて、あなたにちょっと揺さぶりをかけたかったんですよ。昨夜《ゆうべ》、進藤組長を射殺したのは百面鬼さんですね？」

「冗談も休み休み言いな。おれは進藤とは一面識もねえんだぜ。そんな相手をなんでシュートしなきゃならねえんだよ？」

百面鬼は内心の狼狽《ろうばい》を隠し、努《つと》めて平静に喋った。

「粘っても無駄です。あなたに痛めつけられた鈴木が高飛び先からわたしに電話をしてきて、進藤組長を撃ち殺したのはあなたにちがいないと言ったんですよ」

「おれを犯人扱いする前に、ちゃんと物証を集めな」

「百面鬼さん、一千万で手を打ちますよ。それだけ出していただけたら、鈴木から聞いた話はすべて忘れます」

「欲の深《ふけ》え野郎だ。てめえは進藤に警察の捜査情報を流して、ずっと小遣い貰ってたんだろうが。もちろん、高級クラブでも只酒《ただざけ》を飲ませてもらってたはずだ。昨夜《ゆうべ》は、進藤が用意した女とホテルにしけ込んだ。おれは、そこまで知ってんだぜ」

「暴力団係《マルボウ》は誰も暴力団関係者とは持ちつ持たれつの関係なんです。その程度のことは、別に弱みにはなりませんよ。しかし、あなたは進藤を射殺した。人殺しの罪は重いものです。たとえ相手が社会の屑《くず》でもね」

「銭が欲しいんだったら、進藤組にたかるんだな。進藤が十六人の組員に東京入管のGメンの振りさせて大久保や百人町に住んでる不法滞在の外国人から現金七千数百万と三億円相当の麻薬や拳銃を強奪させたことを知らないはずねえからな」

「進藤はそんなことをさせてたんですか!?　まったく知りませんでしたよ」

井上が言って、低く笑った。

「喰《く》えねえ野郎だ」

「あなたに殺しを依頼したのは、いったい誰なんです？　その人物からも一千万の口止め料をいただきたいと考えてるんですがね」

「おれは進藤を殺《や》っちゃいねえ」

「しぶとい方だな。進藤組の関戸と久須美が新宿に出かけた日から、ずっと消息を絶ったままです。二人の足取りを追えば、あなたに進藤を始末してくれと頼んだ人物が浮かび上がってきそうですね」

「好きにしやがれ」

「わたしの推測は間違ってますかね」

「知るか、そんなこと！」

「また連絡させてもらいます。とりあえず、一千万円用意しといてくださいね」

「はっきり言っとかあ。てめえに一円だって払う気はねえ。よく覚えておきな」

百面鬼は電話を乱暴に切った。

3

二本目のビールが空になった。

百面鬼は手を叩いた。『しのぶ』の座敷である。あと数分で、午後六時半だ。

「お呼びでしょうか?」

中年の仲居《なかい》が襖《ふすま》を開けた。

「ビールをもう一本頼む。それから、何か二、三品肴《さかな》を持ってきてくれねえか」

「かしこまりました。それにしても、小松の親分、遅いですね」

「ああ。さっき小松の携帯に電話したんだが、電源が切られてたんだ」

「そうなんですか。時間には割にうるさい方なのに、どうしたんですかね」

「また後で小松に電話してみらあ」

百面鬼は葉煙草《シガリロ》に火を点けた。仲居が襖を閉め、すぐに遠ざかっていった。

いくら組の遣り繰り《シノギ》がきつくなったからといって、千五百万の金が用意できないということはないだろう。何か予期せぬ出来事が起こったのかもしれない。

百面鬼は、そう思った。

人に待たされるのは腹立たしい。しかし、殺しの成功報酬は全額受け取りたかった。着手金の千五百万は久乃に回してやった。残りの金は自分のために遣《つか》うつもりだ。

葉煙草《シガリロ》の火を揉み消したとき、ビールと数品の酒肴《しゅこう》が届けられた。

「女将《おかみ》がお客さまの分のコース料理を先にお出ししたほうがよろしいのかどうか、うかがってまいれと申しておりますが、どうなさいます？」

「小松が来てから、料理を出してくれればいいよ」

「そうですか」

仲居が襖を静かに閉めた。

百面鬼はビールを手酌で注ぎ、鱧《はも》に梅肉《ばいにく》を和《あ》えた。しっかりと骨切りされていて、舌に当たるものはなかった。百面鬼はビールを半分ほど呷《あお》り、粒貝《つぶがい》の小鉢《こばち》に箸《はし》を伸ばした。新鮮で、弾力があった。虎杖《いたどり》の酢味《すみ》噌《そ》和えもうまかった。

残りのビールを飲み干したとき、懐で私物の携帯電話が鳴った。小松からの電話にちがいない。

百面鬼は携帯電話を急いで取り出した。だが、相手は伊集院七海だった。

「よう！　どうしたい？」

「二、三分よろしいですか？」

「かまわねえよ。二十分でも三十分でもいいぜ」

「はい」

「なんか思い詰めたような声だね。見城ちゃんの子でも孕《はら》んじまったのか？」

百面鬼は冗談を口にした。

「わたしたち、そんな間柄じゃありません」

「そうむきになることはねえだろうが。見城ちゃんのこと、嫌いじゃねえんだろ?」

「ええ、それはね。でも、わたしたちはまだ恋仲ではありません。だから、親密な関係と思われるのはちょっと困るんです」

「堅いな、堅いよ。七海ちゃんはそれだけ擦《す》れてねえってことなんだろうけどさ、男とさらりと猥談《わいだん》できるようにならねえとな」

「わたしって、男性を退屈させるタイプなんでしょうか? 見城さん、わたしと会っていてもあまり愉《たの》しそうじゃないんです」

「見城ちゃんは恋の駆け引きが上手なんだよ。急に黙り込んだりしても、別に退屈してるってわけじゃねえさ」

百面鬼は言った。

「そうなんですか」

「ああ、多分な。見城ちゃんは七海ちゃんの母性本能をくすぐりたくて、わざと無口になったんだと思うぜ。なにしろ、あの男は恋愛のベテランだからね」

「女性たちがほうっておかないんでしょうね。甘いマスクをしてるけど、男っぽいし、知力もあるから」

「ま、そうだな。けど、見城ちゃんはただの女好きじゃない。遊びでつき合った女たちは大勢いるけど、惚れた女には誠実だよ」

「亡《な》くなった里沙さんを彼が深く愛していたことは、わたしにもよくわかります。でも、わたしは里沙さんの代用品になんかなりたくないんです」

「そりゃそうだよな。七海ちゃんは七海ちゃんなんだから、死んだ彼女の面影《おもかげ》を求められたら、女心が傷つくってもんだ」

「ええ、まあ」

「でも、見城ちゃんはいまは伊集院七海という女に関心を持ってるはずだよ」

「彼、わたしのことをどんなふうに言ってます？」

「惚れはじめてるとはっきり言ってたよ」

「ほんとですか？」

七海の声が明るくなった。

「もちろんさ。死んだ里沙ちゃんのことに拘《こだわ》ったりしないで、胸の想《おも》いを素直に膨らませたほうがいいんじゃねえの？　里沙ちゃんと張り合ったって、何も意味ねえよ。恋のライバルは、もうこの世にいねえんだからさ」

「それだから、見城さんの哀惜《あいせき》の念は永久に消えないと思うんです。心の片隅にでも別の女性が棲《す》んでる男性《ひと》を愛すのは哀《かな》しいでしょ？　だって、相手のハートを独り占めできないわけですから」

「それは惚れ方によるんじゃねえのかな。相手にとことんのめり込めば、過去の女たちの残像は消えると思うよ」

「そうでしょうか」

「七海ちゃんは芯《しん》が強《つえ》えんだから、自分の想いを貫《つらぬ》けるだろう。見城ちゃんのことが好きだったら、迷ってなんかいないで、前に踏み出せや。見城ちゃんがそっちをしっかり受け止めてくれるって」

「そうだといいんだけど」

「たとえ結果が裏目に出たとしても、そこまでやらなきゃ、気持ちがすっきりしねえだろうが？」

「ええ、そうですね。百面鬼さんのアドバイスを聞いたら、わたし、なんだか迷いが消えました。ありがとうございました」

「とにかく、当たって砕《くだ》けろや。それじゃ、またな」

百面鬼は終了キーを押し、また小松の携帯電話を鳴らしてみた。しかし、先方の電源は切られたままだった。

百面鬼は携帯電話を懐に戻し、グラスにビールを注いだ。肴《さかな》を摘みながら、三本目のビールも空けてしまった。

組事務所に行ってみるか。

百面鬼は腰を上げ、座敷を出た。

すぐ近くに七十歳過ぎの女将《おかみ》がいた。元新橋の芸者だ。和服の後ろ襟《えり》の抜き方が粋《いき》だった。

「お手洗いですか？」

「いや、そうじゃねえんだ。ちょっと小松の事務所に行ってみらあ。何か異変が起こったのかもしれねえからさ」

「小松さん、どうしちゃったのかしら？　時間には正確な男性《ひと》なのにね。お二人で店にお見えになったら、すぐ料理をお出しできるよう用意をしておきます」

「よろしく！」

百面鬼は『しのぶ』を出て、さくら通りを数十メートル歩いた。

覆面パトカーは個室ＤＶＤの店の前に駐《と》めてあった。路上禁止ゾーンだったが、店の者がクラウンに何かいたずらをすることはないだろう。無線アンテナとナンバープレートの頭の文字で、すぐに警察の車とわかるからだ。

百面鬼は覆面パトカーに乗り込み、慌《あわ》ただしく発進させた。さくら通りを直進し、花道《はなみち》通りを左折する。東京海鮮市場の先を右に曲がり、東京都健康プラザハイジアの巨大な建物の脇を抜けた。

ほどなく目的の雑居ビルに着いた。

百面鬼はクラウンを路上に駐《と》め、小松組の事務所に急いだ。勝手に『小松エンタープライズ』のドアを開けると、居合わせた組員たちが一斉《いっせい》に振り向いた。どの顔も険《けわ》しい。

「百面鬼の旦那……」

奥から代貸の中谷文博が現われた。色男で、上背《うわぜい》もある。

「小松とさくら通りの『しのぶ』で午後六時に落ち合うことになってたんだが、いっこうに姿を見せねえから、ここにやってきたんだ。何かあったのかい？」

「組長《オヤジ》は『しのぶ』に行くと言って、六時前にここを出たんですよ。しかし、このビルを出て間もなく横浜ナンバーの黒いキャデラックに乗った男たちに車の中に押し込まれて連れ去られたようなんです」

「横浜ナンバーの車だったって⁉」

「ええ。うちの縄張り《シマウチ》内でお見合いパブをやってる男が偶然に拉致《らち》されたとこを目撃してたんですよ。キャデラックに乗ってた三人の男は、筋者風だったと言ってました」

「そうか。先日、小松は港仁会進藤組の関戸と久須美を舎弟頭に始末させたよな？」

「ええ。進藤組が一連の偽入管Gメン強奪事件を小松組の犯行《ヤマ》に見せかけたんで、けじめを取ったわけです」

「進藤組がそのことに気づいて、組長の小松を引っさらったのかもしれねえな」

「わたしも、そう思います。ただ、昨夜《ゆうべ》、進藤は何者かに殺《や》られましたよね？」

「そうだな」

百面鬼は短く応じた。組長の小松は殺しの依頼の件を代貸の中谷には明かしていない様子だった。

「うちの組長《オヤジ》を拉致したのは横浜の進藤組だと思いますが、先方も取り込み中でしょ？　組長が射殺されたわけですからね。そんなときにわざわざ小松を引っさらうというのがどうも……」

「進藤の子分どもは組長が灰になる前に小松の生首でも捧《ささ》げて、関戸と久須美の仇《かたき》は討ったと報告する気なのかもしれねえな」

「そんなことはさせません。これから若い衆に召集をかけて、伊勢佐木町の進藤組に乗り込むつもりなんです。旦那、見て見ぬ振りをしてくださいね」

「中谷、頭を冷やせや。進藤組は組長を誰かに殺《や》られて、殺気立ってるんだ。おめえらが殴り込み《カチコミ》かけたら、全員、返り討ちにされちまうぜ」

「こっちは全員、拳銃《ハジ》呑んでいきます。何人かは撃かれるかもしれませんけど、みんなが返り討ちにされたりしませんよ」

「中谷、おまえ、ばかか。組長の小松が人質に取られてるかもしれねえんだぞ」

「わかってますよ。一気に押し入って、組長《オヤジ》を救い出す作戦なんです」

「そう簡単に事が運ぶわけねえだろうが。進藤組は愚連隊《ぐれんたい》系の組織なんだ。拳銃はたっぷり隠し持ってるだろうし、自動小銃、短機関銃《サブマシンガン》、手榴弾《しゅりゅうだん》なんかも備《そな》えてるにちがいねえ。どう考えたって、勝負にならねえよ」

「だからって、このまま何もしなかったら、おれたちは笑い者にされますよ。男が腰抜けなんて嘲笑《ちょうしょう》されたら、屈辱《くつじょく》も屈辱です。おれたち博徒は仁侠道を全《まっと》うしなきゃならねえんです。組長《オヤジ》のためなら、みんな、命を棄《す》ててもいいと思ってますよ」

中谷が力《りき》んで一気にまくし立てた。

「もう斬《き》った張ったの時代じゃねえ。もっとスマートに小松を奪い返せや」

「どんな手があるって言うんです？」

「条件によっては、このおれが動いてやってもいいぜ。警察手帳《チョウメン》見せりゃ、進藤組の奴らだって下手なことはできねえはずだ」

「それは、そうでしょうね」

「いくら出せる？」

「旦那の条件を先に言ってくださいよ」

「おいおい、駆け引きする気かい？　まごまごしてたら、小松は殺《や》られるかもしれねえんだぜ」

「組長《オヤジ》を無傷で救い出してくれたら、二千万差し上げます。それで、どうでしょう？」

「小松の命の値段がたったの二千万か。ずいぶん安く値踏《ねぶ》みされたもんだ」

「台所が苦しいんですよ、小松組《うち》も」

「有希夫人は小松が拉致されたことを知ってんのか？」

百面鬼は訊いた。

「いいえ、姐《あね》さんにはまだ何も話してません。心配かけたくないんでね」

「組長《オヤジ》よりも姐さんのほうが大事みてえだな」

「旦那、おかしなことを言わないでくださいよ」

「なんか焦《あせ》ってるな。有希夫人に横恋慕《よこれんぼ》してるのかい？」

「妙な言いがかりはやめてください。組長《オヤジ》のほうが大事ですよ」

「だったら、もう少し色をつけろや。台所が苦しくたって、盆《ぼん》でちょいといかさま《サマ》やりや、かなりの額の銭を抜けるだろうが」

「一度でもそんなことをしたら、旦那衆たちの足が遠のいてしまいますよ。そして、二度と小松組の場《ば》には来てくださらないでしょう」

「わかった、わかった。そっちにも事情があるだろうが、おれだって二千万じゃ内職はできねえな」

「わたしの才覚で都合つけられるのは、三千万が限度です。旦那、それで何とか折り合ってもらえませんか。頼みます」

「仕方ねえか。三千万で手を打ってやらあ。けど、小松を救出したら、一週間以内に現金《ゲンナマ》で払ってもらうぜ」

「結構です。それじゃ、すぐ横浜に向かってもらえますね？」

「ああ」

「よろしくお願いします」

中谷が深々と頭を下げた。

百面鬼は黙ってうなずき、『小松エンタープライズ』を出た。覆面パトカーに乗り込むと、屋根《ルーフ》に磁石式《じしやく》の赤い回転灯を装着させた。百面鬼はサイレンを派手に鳴らしながら、玉川通りに向かった。用賀《ようが》から第三京浜道路に入り、追い越しレーンを走りつづける。

進藤組が事務所を構えている雑居ビルに着いたのは、一時間数十分後だった。

百面鬼はエレベーターで三階に上がり、進藤組の事務所のドアを開けた。頭のてっぺんに卍《まんじ》の刺青《いれずみ》を入れた若い男がいるだけだった。二十三、四歳だろう。白ずくめだった。

「てめーっ、どこの者《もん》だ！」

「殴り込み《カチコミ》じゃねえから、大声出すんじゃねえ。小松組の組長を拉致したのは、進藤組なんだろっ。小松の監禁場所はどこなんでえ？」

「あんた、何者なんだよっ」

「新宿署の者だ」

「冗談こくな。どう見たって、刑事にゃ見えねえや」

「おれを苛《いら》つかせやがると、正当防衛に見せかけて撃《ハジ》いちまうぜ」

百面鬼は言って、ショルダーホルスターからチーフズ・スペシャルを引き抜いた。小型リボルバーだ。小松から預かったグロック17は、覆面パトカーのグローブボックスに入れてある。

「そのリボルバー、チーフズ・スペシャルだよな？」

「ああ」

「ということは、あんた、やっぱり警官《マッポ》なのか」

「さっきそう言っただろうが。小松はどこに閉じ込めてあるんだ？　早く監禁場所を吐かねえと、撃ち殺すぞ！」

「組の誰かが小松組の組長《オヤジ》を引っさらったと思い込んでるみてえだけど、そいつは早とちりだよ。進藤組長が殺されたんで、それどころじゃねえんだ。組のみんなは野毛の組長《オヤジ》宅に集まって、今後のことを相談し合ってる」

「ほんとに小松を拉致した奴らはいねえんだな？」

「いねえよ。なんなら、事務所の隅《すみ》まで検《しら》べてみな」

「進藤組に黒いキャデラックは？」

「アメ車はシボレーモンテカルロ一台しかねえよ。あとはベンツが三台とレクサスが一台だ。キャデラックがなんだってんだよ？」

「小松を拉致した三人組は、横浜ナンバーの黒いキャデラックに乗ってたんだ」

「それだけで、うちの組の犯行《ヤマ》と踏《ふ》んだのかよ⁉」

「進藤は偽入管Gメン強奪事件で小松組に罪をなすりつけようとした」

「あっ、そうか！　それで小松組は流れ者の殺し屋《ヒットマン》を雇って、うちの組長《オヤジ》の命《タマ》奪《と》らせやがったんだな？」

「そうなのかもしれねえな。奥に見える金庫にいくら入ってる？」

「現金は数十万しか入ってねえよ」

「進藤は不法滞在の外国人から強奪させた七千数百万と三島組に流した麻薬や銃器の代金をどこに保管してあるんでえ？」

「おれは下っ端だから、そんなことまでわからねえよ。でも、うちの組の人間は小松を拉致してねえことは確かだって」

男が震え声で言った。嘘をついているようには見えなかった。

「邪魔したな」

百面鬼は拳銃をホルスターに戻し、進藤組の事務所を出た。いったい誰が小松を拉致させたのか。目撃証言によれば、三人組はやくざ風だったという。

神奈川県警の井上刑事が自分と小松の繋がりを嗅《か》ぎつけ、強引に二人から口止め料を脅し取る気になったのか。考えられないことではない。

百面鬼は雑居ビルを出ると、覆面パトカーで野毛に向かった。

進藤組長の自宅は造作なく見つかった。洒落《しやれ》た洋館だった。館《やかた》の前には、六、七人の組員が立っていた。

百面鬼は通夜の弔《とむら》い客を装って、洋館の中に入った。亡骸《なきがら》は玄関ホールに面した広い応接間に安置されていた。その周《まわ》りには遺族と組の幹部たちが坐っている。

百面鬼は型通《かたどお》りに焼香を済ませると、すぐに応接間を出た。トイレを借りる振りをして、家の中を素早く調べ回った。しかし、小松はどこにも監禁されていなかった。無駄骨を折ってしまった。

百面鬼は玄関ホールに向かった。

4

老父の手は骨張っていた。

たるんだ皮膚は染《し》みだらけだった。何か痛ましい感じがする。晩婚だった父は、八十一歳になっていた。

百面鬼は労《いたわ》りを込めて、父の痩《や》せ細った右手の甲を撫《な》でさすった。前夜、横浜から東京に戻る途中、母から電話がかかってきた。父が倒れたという報《しら》せだった。

母は心細げで、少しうろたえていた。百面鬼は母にかかりつけの医者に応診してもらえと指示し、急いで生家に戻った。親の家に帰ったのは半月ぶりだった。

すでにホームドクターはいなかった。脳の血流が数秒詰まって倒れ込んだという父は、自分の寝間《ねま》で臥《ふせ》っていた。血管拡張剤を投与されたからか、顔色はさほど悪くなかった。

しかし、さすがに老いの衰《おとろ》えは隠せなかった。百面鬼は父が鼾《いびき》をかきはじめると、寝間をそっと出た。庫裡《くり》で母と話し込み、自分の部屋に引き揚げた。

室内は清潔だった。母が毎日、掃除をしてくれているのだろう。

めざめたのは午前九時半ごろだった。母と一緒に朝食を摂《と》ってから、父の様子を見にきたのだ。

「親父、もう大丈夫だよ。おふくろが弟に連絡しなかったのは正解だったな。あいつはおれと違って、エリート判事だから、職務が大変なんだよ」

「確かに出来はよかった。だがな、あいつは親不孝者だ。寺の子に生まれながら、よりによってクリスチャンになりおって」

「いいじゃねえか。人には信教の自由ってやつがあるんだからさ。親は親、子は子だよ」

「しかしな」

「弟よりも、おれのほうがずっと親不孝してるよ。警察官になっちまったし、嫁さんには数カ月で逃げられちまったしな」

「敏江《としえ》さんとは縁がなかったんだよ。彼女が再婚したのは六年前だったかな？」

父が訊いた。

「ああ、そうだよ。再婚相手は子持ちの工務店の社長だって話だが、多分、うまくやってるんじゃねえのかな」

「だろうね。竜一、いまだから訊くんだが、敏江さんとは性格の不一致というよりも、夜の生活で何か問題があったんじゃないのか。だから、半年も保《も》たなかったんだろう？」

「それ、どういう意味なんだい？」

「もしかしたら、おまえは不能者なんじゃないのか。そうだったとしたら、一度知り合いの尼僧《にそう》を紹介してやろう。その女性はもう七十過ぎなんだが、十八のころから長いことお妾《めかけ》さんをやってたせいか、インポ治しの名人なんだよ。どんな年寄りでも勃起する方法を教えてくれるそうだ」

「逆だよ、逆！」

「え？」

「こっちが精力絶倫だったんで、敏江は呆《あき》れて実家に逃げ帰っちまったんだ」

「毎晩、求めたのか？」

「ああ。それも最低三回は求めたね」

百面鬼は、さすがに父親には事実を語れなかった。

「それは色欲《しきよく》が強過ぎるな。敏江さん、毎日数時間しか寝られなかったのか。気の毒な話だ」

「親父も若いころは、けっこう好きだったんじゃねえの？」

「うん、まあ。母さんには内緒にしといてほしいんだが、独身のころは夜ごと女郎買《じょろうか》いをしとったな」

「生臭坊主め！　おれの女好きは、親父の血だな」

「そうかもしれんな。こんな話は、どこかの判事殿とはできない。弟のほうは真面目一方だからな」

「それはわからないぜ。あいつは、むっつり助平なんじゃねえのかな。弟にも、親父の血が流れてるわけだからさ」

「そうか、そうだな」

「いつか三人で高級ソープに繰《く》り込むか」

「父さんは、もう役立たずになってしまったよ」

「男は死ぬまで現役でいなくっちゃ。親父こそ、さっき話に出た尼僧に教えを請《こ》えや」

「考えておこう。冗談はさておき、竜一に頼みがあるんだ」

父が改まった口調で言った。

「本堂の瓦《かわら》がだいぶ傷《いた》んでる。けど、檀家《だんか》の連中は寄進《きしん》を渋ってる。だから、少し金を回してくれ。おおかた、そんなとこなんだろ？」

「どんなに貧乏したって、息子に無心《むしん》するような真似《まね》はせんよ」

「外れたか」

「父さんも高齢者だ。また倒れて入院生活が長くなったら、竜一にこの寺を継《つ》いでほしいと思ってるんだ。どうかね？」

「おれがここの住職になったら、知恩寺の名を汚《けが》すことになる。それに、おれはもともと坊主に向いてねえよ」

「いまの仕事に満足してるようにも見えんがな」

「いや、それなりに充実した日々を送ってる」

「弱ったな」

「おれが中学生のころに知恩寺で雲水《うんすい》やってた久米《くめ》さんは、岩手の山寺を預かってるって話だったよな？」

百面鬼は確かめた。

「ああ、そうだ」

「久米さんは確かお寺の子じゃなかったな」

「彼の父親は、高校の教員だったんだ。日本史の先生だったかな。教育者にありがちなんだが、父親は本音と建前がまるっきり違ってたらしい。そんなことで久米君は父親を軽蔑し、人間不信に陥って仏の道に入ったんだよ」

「そういう僧侶《そうりょ》こそ、この知恩寺の跡を継ぐべきなんじゃねえのかな。だいたい世襲制に拘《こだわ》ることが時代遅れだし、おれは俗っ気が抜けない男だから、親父の跡は継げねえよ」

「やっぱり、無理か」

父は落胆した様子だった。

「久米さんに打診してみなよ。田舎の山寺が格下《かくした》ってわけじゃねえけど、喜んで知恩寺に来てくれるんじゃねえの？」

「そうだろうか」

「とにかく一度、相談してみなよ」

「そうするか」

「早く元気になって、おふくろを安心させてやれや。また顔を出さあ」

百面鬼は立ち上がって、父の寝間を出た。庫裡《くり》を覗《のぞ》くと、母が精進《しょうじん》揚げの下拵《したごしら》えをしていた。

「昼食、稲庭《いなにわ》の素麵《そうめん》にしようと思ってるの。食べていくでしょ？」

「あんまりゆっくりしてられねえんだ。新宿署管内で凶悪な殺人事件が発生したんだよ」

「そうなの。いろいろ大変ね。お父さんから跡継ぎの件を言われた？」

「ああ」

百面鬼は自分の考えを伝え、かつて修行僧だった久米のことにも触《ふ》れた。

「お父さん、がっかりしてたでしょ？」

「ああ、ちょっとな。でもさ、おれの人生だから、好きなように生きてえんだ」

「竜一の考えは別にわがままじゃないわ。だけど、お父さんとしては……」

母が伏し目になった。

「親父の気持ちもわからねえわけじゃないが、立派に僧侶をやれる人物が跡を継ぐべきだよ。そうじゃないと、檀家に対しても失礼じゃねえか」

「そうかもしれないけど」

「おふくろがうまく親父と檀家たちを説得してくれや。親父は徐々に元気になると思うよ。それじゃ、おれ、行くわ」

百面鬼は庫裡を出て、本堂脇にある玄関に向かった。

覆面パトカーは境内の隅に駐《と》めてあった。クラウンに乗り込み、エンジンをかけた。冷房の設定温度を十八度にしたとき、上着の内ポケットで私物の携帯電話が着信音を奏《かな》ではじめた。

百面鬼は、すぐに携帯電話を耳に当てた。

「小松組の中谷です」

「組長《オヤジ》がどこかで保護されたのかい？」

「そ、それが……」

中谷が声を詰まらせた。

「小松が死んだんだな？」

「ええ。千葉県茂原《もばら》市の宅地造成地で組長《オヤジ》の撲殺体が午前九時過ぎに発見されたそうです。金属バットで頭を叩き潰《つぶ》されてたようです。いま姐《あね》さんと舎弟頭の清水が茂原に向かってるとこです」

「そうか。これで、そっちから三千万円を貰えなくなっちまったな」

危《あや》うく百面鬼は、進藤殺害の謝礼の残金も貰えなくなってしまったことを口走りそうになった。

「旦那、ちょっと無神経でしょ。組長《オヤジ》は殺されたんですよ。なにものっけに成功報酬のことを言わなくともいいでしょうが！」

「小松の死を悼《いた》んで、涙ぐめってのか？　おれと小松は友達《ダチ》同士じゃねえんだ。三千万儲《もう》け損なったほうがショックだよ」

「とにかく、そういうことですので、お願いした件は忘れてください」

「わかった。で、小松はきょうの午後にも司法解剖されるのか?」

「司法解剖は明日の午前中に千葉県内の医大の法医学教室で行なわれ、午後には遺体は組長《オヤジ》宅に搬送《はんそう》されることになってるんです」

「それじゃ、明日が仮通夜《かりつや》だな?」

「ええ、そうです」

「時間の都合がついたら、焼香に行ってやらあ」

「無理しなくても結構ですよ。旦那は職務で、いつもお忙しいようですから」

中谷が皮肉たっぷりに言って、通話を切り上げた。

取りっぱぐれた千五百万円を誰かから、しっかりとぶったくるつもりだ。小松の後妻に進藤殺しを引き受けたと打ち明けて残金を回収するのが最も手っ取り早いのだが、まさかそういうわけにもいかないだろう。殺人依頼を受けたという証拠があるわけではないし、女は口が軽い。

百面鬼は携帯電話を懐に戻し、葉煙草《シガリロ》をくわえた。

千五百万円は小松殺しの犯人に肩代わりさせるべきだろう。きっと実行犯は、黒いキャデラックに乗っていた三人組のうちの誰かにちがいない。単独犯か複数犯だったのかはともかく、拉致犯たちの犯行だろう。

前夜、進藤組事務所にいた若い組員は組の車の中に黒いキャデラックはないと言い切った。そのことは事実と思われる。

だからといって、進藤組が小松の殺害に関与していないとは断定できない。組員たちが盗んだキャデラックを犯行に使った可能性もあるからだ。千葉県内で小松を撲殺したことにも作為《さくい》が感じられる。神奈川県内で犯行に及ばなかったのは、捜査当局の目を眩《くら》ませるためだったのではないのか。

もう少し手がかりが欲しい。千葉県警に親しくしている刑事がいればいいのだが、あいにくそういう男はいなかった。郷に訊いてみるか。

百面鬼は、警視庁の郷に刑事用携帯電話《ポリスモード》で電話をかけた。待つほどもなく郷が電話口に出た。百面鬼は先に口を開いた。

「千葉県警に親しい奴はいるかい？」

「何人かいるよ。どんな情報が欲しいんだ？」

「茂原市内で歌舞伎町の小松組の組長が殺《や》られたんだよ」

百面鬼は、小松組の代貸から聞いた話を伝えた。小松が横浜ナンバーの黒いキャデラックに乗った暴力団関係者らしい三人組に拉致されたことも喋った。

「その事件《ヤマ》のことは知らなかったが、どうせ所轄署に捜査本部《チョウバ》が立つだろう。千葉県警の捜一と組対の両方に知り合いがいるから、早速、捜査情報を入手してやるよ」

「よろしく頼まあ」

「百面鬼、謝礼はいくらくれるんだ？」

「情報《ネタ》の内容によっては、三十万払ってやらあ。けど、役に立たねえ情報だったら、三万だな」

「たったの三万だって⁉ それじゃ、情報提供者を居酒屋に連れていったら、足が出ちゃうよ。最低十万は払ってくれ」

「わかった」

「ある程度の情報が集まったら、おまえに連絡するよ」

郷が先に電話を切った。百面鬼はポリスモードの終了キーを押し、短くなった葉煙草《シガリロ》を灰皿の中に突っ込んだ。

そのとき、庫裡から母が現われた。百面鬼はパワーウインドーを下げた。

「あら、まだそんなとこにいたのね」

「ちょっと同僚刑事と電話で捜査の段取りを決めてたんだ」

「そうなの。梅雨が明けたら、毎日暑くなるだろうから、ちゃんと食事は摂《と》るのよ」

「わかってらあ。墓地の掃除かい？」

「そう。二代目、三代目の檀家さんはスナック菓子を食べながら、祖父母のお墓参りに来て、空き袋をそのへんに捨てていくのよ」

　母がぼやいた。

「そんな檀家は、出入り禁止にしちまえばいいんだ」

「そうはいかないわよ。その人たちの両親や祖父母には、いろいろ寄進してもらったんだから」

「金なら、おれがいつでも回してやるよ。俸給は安いけど、けっこう余禄《よろく》があるんだ」

「あんた、まさか悪いことをしてるんじゃないでしょうね？」

「おふくろ、おれを信用してくれや。それじゃ、またな」

　百面鬼はパワーウインドーを上げ、覆面パトカーを走らせはじめた。

　境内を出ると、環八《かんぱち》通りに向かった。神奈川県警の井上刑事の動きを探《さぐ》ってみる気になったのである。

　ひょっとしたら、井上は小松が関戸と久須美を始末させた事実を嗅ぎ当てたのかもしれない。それで、知り合いの組員たちに小松を拉致させて、口止め料を脅し取る気だったのではないか。だが、小松に白を切られたので、三人組に始末させたのかもしれない。

　百面鬼はそう考えたが、すぐに打ち消した。

進藤に小遣いを貰っていた男がそこまでやる度胸はないだろう。となると、やはり進藤組の幹部の誰かが消息不明の関戸たち二人が小松組に消されたことを知って、仕返しをしたのだろうか。

百面鬼はあれこれ推測しながら、第三京浜道路の東京ＩＣ《インターチエンジ》に急いだ。

横浜にある県警本部に着いたのは、午後二時近い時刻だった。

百面鬼は井上の知人を装って、組織犯罪対策部第四課に電話をかけた。井上は職場にいた。百面鬼は井上が電話口に出る前に携帯電話の終了キーを押した。

それから彼は覆面パトカーを通用門の見える場所に駐《と》め、張り込みを開始した。

時間が虚《むな》しく流れ、陽《ひ》が落ちた。井上が姿を見せたのは午後七時十分前だった。井上は慌《あわ》ただしくタクシーに乗り込んだ。

百面鬼は、井上を乗せたタクシーを尾行した。

タクシーが停まったのは、山下公園の真ん前にあるシティホテルだった。井上はタクシーを降りると、急ぎ足で館内に入っていった。

百面鬼はクラウンを海岸通りに駐め、井上を追った。エントランスロビーに足を踏み入れ、視線を巡《めぐ》らせる。

井上は奥のソファに腰かけていた。栗毛の白人女性と談笑していた。

女は二十代の半《なか》ばだろう。それほど美人ではないが、笑顔がチャーミングだ。身なりは派手だった。ホテルを稼ぎ場にしている高級娼婦《しょうふ》か、流行《はや》りの外国人クラブのホステスだろう。

百面鬼は物陰に身を潜《ひそ》め、二人の様子をうかがった。ほどなく井上と白人女性は立ち上がり、ホテルの前でタクシーが走りだしてから、クラウンに飛び乗った。井上たちを乗せたタクシーを尾《つ》けはじめた。

どこかで食事をするのなら、クラブホステスと同伴出勤なのだろう。

百面鬼はタクシーを追尾《ついび》しつづけた。

タクシーは湘南《しょうなん》方面に向かっている。行き先の見当はつかなかった。タクシーはJR鎌倉駅の前を走り抜け、北鎌倉方面に向かった。

坂道を登り切り、円応寺《えんのうじ》の少し先で停止した。タクシーを降りた井上と白人女性は、右手にある建長寺《けんちょうじ》の山門を潜《くぐ》った。

百面鬼は覆面パトカーを鎌倉学園の横に停め、グローブボックスからストロボ付きの超小型カメラを取り出した。それを上着の右ポケットに入れ、車を降りた。

速足《はやあし》で山門を抜ける。建長寺から半僧坊《はんそうぼう》に抜けるハイキングコースは桜の名所として有名だ。その先の瑞泉寺《ずいせんじ》から鎌倉宮に至るコースは人気があり、鎌倉市街地や相模湾《さがみ》が一望できる。

井上と栗毛の白人女性は腕を絡《から》ませながら、ハイキングコースをのんびりと散策していた。夜とあって、二人のほかに人影はない。白人女性は井上の愛人なのか。

百面鬼は足音を殺しながら、二人を尾けた。

桜並木が途切れた先で、井上たちは林の中に分け入った。

百面鬼は少し間《ま》を取ってから、林の中に足を踏み入れた。灌木《かんぼく》を除《よ》けながら、奥に進む。

突然、女の短い悲鳴がした。井上の喚《わめ》き声も聞こえた。何か女を罵《ののし》っている。

百面鬼は林の奥に向かった。影絵のように見える樹木の向こうで、二人が揉み合っていた。

百面鬼は闇《やみ》を透《す》かして見た。井上が女の首に柄物ネクタイを巻きつけ、両手でぐいぐいと締め上げている。

百面鬼は二人にできるだけ近寄り、超小型カメラを構えた。

シャッターを押す。ストロボの白っぽい光が暗がりを明るませた。井上が驚き、顔を向けてきた。百面鬼は、たてつづけにシャッターを二度押した。

井上が女の首からネクタイを外し、丸めて綿ジャケットのポケットに突っ込んだ。白人女性が喉に手を当てながら、井上から離れた。

百面鬼は超小型カメラをポケットに戻し、ホルスターからチーフズ・スペシャルを引き抜いた。

「そこにいるのは誰なんだ⁉」

「おれだよ」

「その声は百面鬼だな」

井上が絶句した。百面鬼は小型リボルバーを突きつけながら、井上の前に出た。

「殺人未遂の証拠写真をどうするかな。連れの女はアメリカ人なのかい？」

「ニュージーランド人だよ。サラという名で、語学学校の講師をやってるんだ。関内のショットバーで知り合って五カ月ほどつき合ったんだが、わたしに女房と別れて結婚してくれって迫るようになったんだよ」

「うるさくなったんで、サラを殺《や》っちまう気になったってわけだ？」

「あんたから一千万の口止め料をせしめたら、サラに五百万ほど手切れ金をやるつもりでいたんだが、すぐには金を脅し取ることは難しいと判断したんで……」

井上がうなだれた。そのとき、サラが日本語で百面鬼に話しかけてきた。

「あなたは誰なの？」

「新宿署の刑事だ。あんたが結婚したがってる男は屑野郎だぜ。こんな男とは、さっさと別れちまいな」

「言われなくても、そうするわ。わたしを殺そうとした男を愛しつづけることなんかできないもの」

「後のことはおれに任せて、そっちは自分の家に帰ってくれ」

百面鬼は言った。サラがうなずき、林の中から出ていった。

「わたしをどうする気なんだ？」

井上が開き直った口調で言った。

「さて、どうするかな」

「こっちだって、あんたの弱みを知ってるんだ。物証はまだ摑んでないが、あんたが進藤を射殺したことは間違いない。状況証拠はクロもクロだ」

「そう、その通りだ。小松組の組長に頼まれてな。小松は偽入管Gメン強奪事件の罪をおっ被せられたことで、進藤に腹を立ててたんだ」

「やっぱり、そうだったか」

「今度は、おれが質問する番だ。井上、てめえは進藤殺しの依頼人が小松と睨《にら》み、奴を三人組に拉致させて、口止め料を脅し取ろうとしたんじゃねえのかっ」

「そ、そんなことはしてない」

「進藤組の幹部に組長の仕返しをしろと焚《た》きつけただけなのか？」

「わたしは、そんなこともしてないよ。嘘じゃない」

「てめえが正直者かどうか、体に訊いてみらあ」

百面鬼はチーフズ・スペシャルの銃口を井上の額に押し当て、撃鉄《ハンマー》を搔《か》き起こした。

輪胴《シリンダー》がわずかに回った。

「嘘なんかついてない」

「どうだかな」

「わたしを信じてくれーっ」

井上が全身をわななかせはじめた。

「怕《こえ》えか？」

「それは怕《こわ》いさ」

「だったら、素直になれや」

「さっきから、ほんとのことしか言ってないよ」

「そうかい。一応、信じてやらあ。小松を拉致した三人組に心当たりがあるんじゃねえのかっ」

「ない、ないよ」

「多分、そうじゃないだろう。そうなら、そういう話がこっちの耳に入ってくるはずだからね」

「てめえは、それだけ進藤組とべったりだったわけだ？」

「………」

「どうなんでえっ」

百面鬼は語気を荒らげ、引き金の遊びをぎりぎりまで絞り込んだ。

「やめろ！　撃つなっ。否定はしないよ」

「それだけ癒着してたんだったら、進藤が組員たちに大久保や百人町で強奪させた七千数百万、それから麻薬と銃器を三島組に売り捌《さば》いて得た三億円がどうなったかも知ってるな？」

「進藤に探《さぐ》りを入れてみたんだが、組長は笑ってごまかしたんだ。おそらく野毛の自宅のどこかにあるんだろう」

「そいつをなんとか見つけ出しな」

かりはじめた。逃げ足が速《はや》い。

百面鬼は懸命に追いかけたが、とうとう相手を見失ってしまった。日頃の不摂生《ふせっせい》がたたったのか、息が上がって胸苦しい。

百面鬼は肩で呼吸を整えながら、来た道をゆっくりと引き返しはじめた。

覆面パトカーは小松の自宅の少し先の路上に駐《と》めてある。小松邸の前を通り抜けるとき、百面鬼は何気なく庭先に目をやった。

と、庭木の横に男と女がいた。

中谷と有希だった。百面鬼は足を止め、門柱に身を寄せた。有希は中谷の片腕を摑《つか》んでいた。中谷は有希の肩を抱いている。

未亡人は泣いてはいなかった。それどころか、かすかに笑っていた。

あの二人は小松が存命中から、親密な関係だったのかもしれない。だとしたら、中谷と有希が共謀して、柴道夫に小松を始末させた可能性もある。

百面鬼は、そう思った。

二人は軽く唇を重ねた。やはり、男女の間柄だったようだ。有希が中谷に何か言って、先に家の中に戻った。中谷は三十秒ほど経《た》ってから、ポーチに向かった。

中谷のことを調べてみることにした。

百面鬼は大股《おおまた》で覆面パトカーまで歩き、端末を使って中谷文博の犯歴照会をした。警察庁の大型コンピューターには前科者のデータが登録されている。各警察署やパトカーから簡単に照会ができるシステムになっていた。

照会の結果、中谷が三年数カ月前に府中刑務所を仮出所していることがわかった。罪名は恐喝と私文書偽造だった。刑期は一年七カ月だった。

中谷が以前から有希と不倫関係にあったとしたら、組長の小松を邪魔だと思っていたにちがいない。で、小松を何かで陥《おとしい》れようと考えたとしても不思議ではないだろう。ひょっとしたら、港仁会の進藤が例の偽入管Gメン強奪事件の犯行を小松組におっ被せようとしたことに中谷が関わっている可能性もありそうだ。

百面鬼はそう推測して、進藤泰晴の犯歴も調べてみた。

なんと中谷と同じ時期に進藤は府中刑務所で服役していた。しかも、どちらも木工班で働いていたことが判明した。二人が同じ雑居房《ざつきよぼう》で寝起きしていたとも考えられる。

百面鬼は刑事用携帯電話《ポリスモード》を使って、神奈川県警組対四課に電話をかけた。受話器を取ったのは当の井上刑事だった。

「あんたからの連絡を待ってたんだ。例の金の件だが、進藤の家の納戸《なんど》に五千万円だけ隠してあったよ」

「たったの五千万しかなかっただと？」

「そうなんだ」

「てめえ、ネコババしやがったんじゃねえのかっ」

「そんなことはしてない。押収した五千万をそっくり渡すから、鎌倉で隠し撮りした写真のネガを貰いたいんだ」

「いいだろう。どこで落ち合う？」

「今夜は宿直だから、長いこと外に出るわけにいかないんだよ。こっちに着いたら、また電話してほしいんだ。どうだろう？」

「わかった。そうしてやらあ」

百面鬼はいったん言葉を切って、すぐに言い重ねた。

「話は違うが、進藤組に中谷文博って東京のやくざが出入りしてなかったか？」

「そいつは義友会小松組の代貸をやってる男だね」

「そうだ」

「その中谷だったら、死んだ進藤の自宅を何度か訪ねたはずだよ。服役中に仲良くなったとかで、進藤はその男を自分の組に入れたがってたんだ。しかし、中谷に断られてしまったようだがね」

井上が言った。

「そうか、やっぱりな」

「小松組の組長が撲殺されたようだが、その事件《ヤマ》に中谷が関与してるのか？」

「ひょっとしたらな」

「中谷が誰か実行犯を雇って、親分の小松を殺《や》らせたのかね」

「その質問にゃ答えられねえな。五千万を用意しておけや。後で、また電話すらあ」

百面鬼は電話を切って、エンジンを唸《うな》らせた。

3

函《ケージ》の扉が左右に割れた。

八階だった。渋谷区桜丘町《さくらがおかちょう》にある『渋谷レジデンス』だ。

百面鬼はエレベーターホールに降りた。

神奈川県警本部前の路上で井上刑事から五千万円を受け取った翌々日の午後二時半過ぎである。百面鬼はビニールの手提《てさ》げ袋を持っていた。

中身は、一昨日《おととい》にせしめた五千万円だった。覆面パトカーのトランクルームに大金を入れっ放しにしておくのは、なんとなく不安だ。最近の車上荒《しゃじょう》らしたちは、平気で警察車も狙《ねら》う。

といって、久乃のマンションにも練馬の実家にも五千万円を持ち帰るわけにはいかない。そこで、相棒の見城家に金を預ける気になったのだ。

百面鬼は八〇五号室に向かった。そこが見城の自宅兼オフィスだった。『東京リサーチ・サービス』という大層《たいそう》なプレートが掲《かか》げられているが、見城のほかに調査員はひとりもいなかった。

百面鬼は八〇五号室のインターフォンを鳴らした。

ややあって、見城の声で応答があった。百面鬼は名乗った。

待つほどもなくドアが開けられた。見城は黒のプリントTシャツにオフホワイトのハーフパンツという軽装だった。

「こんな時間に珍しいな。手提げ袋なんか持って、どうしたんだい？　百さん、フラワーデザイナーと喧嘩《けんか》して、マンションを追い出されたの？」

「久乃とおれは、うまくいってらあ。ちょっと臨時収入があったんで、そっちに金を預《どう》かってもらいてえんだ」

百面鬼は勝手に靴を脱ぎ、部屋の奥に進んだ。間取りは１ＬＤＫだ。

二人は居間のソファに腰かけた。冷房で室内は涼しかった。

「手提げ袋には、いくら入ってるのかな」

見城が訊《き》いた。

「五千万だよ。久乃んとこや練馬の実家に持ち帰るわけにはいかねえんで、ここに持ってきたんだ」

「百《どう》さん、どこの誰から五千万を脅し取ったんだい？」

「神奈川県警の井上って暴力団係《マルボウ》刑事からだよ」

百面鬼は経過を話した。

「一連の偽入管Ｇメン強奪事件の絵図を画《か》いたのは、港仁会進藤組だったのか。そういえば、進藤は愛人のマンションの寝室で射殺されたな」

「そうみてえだな」

「進藤を撃《ハジ》いたのは、百《どう》さんなんだろう？」

「想像に任せらあ」

「やっぱり、そうだったか。もしかしたら、そうなんじゃないかと思ってたんだ。百《どう》さんも、ついに道を大きく踏み外しちまったな」

「見城ちゃん、ご意見は無用だぜ。人にゃ、それぞれ事情ってやつがあるじゃねえか」

「久乃さんがもっとフラワーデザイン教室を増やしたいって言ったようだな？」

「あの女は、ちゃんと自立してるんだ。男にそんなことをせがんだりしねえよ。おれのほうが久乃に何かしてやりたかったから、義友会の小松に頼まれて進藤を始末してやったんだ。小松は例の強奪事件の濡衣《ぬれぎぬ》を進藤におっ被《かぶ》されて、頭にきてたんだよ」

「そうだったのか。で、殺しの報酬はいくらだったんだい？」

「三千万だよ。けど、半分の千五百万貰っただけで、依頼主の小松は三人組に拉致されて撲殺されちまった。おれは進藤組の幹部の誰かが親分の仇討ちをしたんじゃないかと推測したんだが、どうもそうじゃなかったみてえなんだ」

「百《どう》さんは殺しの報酬を半分取りはぐれたんで、進藤組が大久保や百人町に住んでる不法滞在の外国人から奪った金の一部を吐き出させたってわけか」

「そう。進藤組長と黒い交際をしてた井上刑事の弱みを押さえてな」

「やるなあ、百《どう》さんも」

見城がにやりと笑い、ロングピースに火を点けた。百面鬼も釣られて葉煙草《シガリロ》をくわえた。

「五千万は、おれが責任を持って預かろう」

「悪いな、見城ちゃん。すぐに遣《つか》う予定のない金だから、そっちが適当に手をつけてもかまわねえよ」

「以前ほどリッチじゃないが、差し当たって借りなくても済みそうだよ。それより、小松のことなんだが、進藤組の仕業《しわざ》じゃないとしたら、いったい誰が犯行《ヤマ》を踏んだんだろうか」

見城が言った。

「まだ確証は摑んでねえんだが、おれは小松の女房の有希と代貸の中谷って野郎がつるんでるんじゃねえかと思いはじめてるんだ」

「その二人は小松に内緒で不倫でもしてたのかな?」

「ああ、そうなんだ。一昨日の晩、中谷と有希は庭の暗がりで密談して、キスもした。仮通夜のときにだぜ。有希はおれの前では亡骸《なきがら》に取り縋《すが》って号泣してたが、あれは芝居だったんだろう。少なくとも、亭主の死を悼《いた》んじゃいねえな」

「代貸の中谷は有希を寝盗《ねと》った上に組長の座に就《つ》きたくなったんで、親分の小松を破門やくざに撲殺させたのかもしれない。そう考えたんだね、百《どう》さんは?」

「そう。ひょっとしたら、中谷は有希に唆《そそのか》されたのかもしれねえ。たいていの男は、惚れてる女の言いなりになっちまうからな」

「そういう傾向は確かにあるね」

「中谷と有希をしばらくマークしてみらあ。そうすりゃ、何かが透《す》けてくるだろうからさ」

「ああ、多分ね」

「おれの話はともかく、見城ちゃんはちゃんと調査の仕事をしてるのか？」

百面鬼は長くなった灰を武骨《ぶこつ》な指ではたき落としながら、裏仕事の相棒に問いかけた。

「百《どう》さんも知ってると思うが、この半年の間に都内の総合病院の霊安室から病死した若い女性の死体が八体も盗み出された」

「その事件のことなら、知ってらあ。見城ちゃんは病院の依頼で、死体泥棒捜しをやりはじめてるのかい？」

「そうなんだよ。臓器密売グループが葬儀社や病院関係者を抱き込んで、八つの死体を盗み出したと睨《にら》んだんだが、まだ証拠らしい証拠は摑んでないんだ」

見城が言って、短くなった煙草の火を揉み消した。

「脳死状態で摘出した内臓の大半は移植できるが、心肺停止した死体から移植可能な内臓は少ねえんだろ？　よく知らねえけどさ」

「いや、そうでもないらしいよ。冷凍保存された死体から摘出された内臓はたいてい移植できるらしいんだ。それに角膜、血管、関節、骨といった人体のパーツも売れるって話なんだよ」

「なら、闇の移植手術をビジネスにしてる元ドクターあたりが若くして死んだ女の遺体を盗ませてるんじゃねえのか。不正なことをやって医師免許を剝奪《はくだつ》される奴は毎年、何人もいるらしいからな。医者でリッチな暮らしをしてた奴が免許を失ったからって、急に生活のレベルを下げるのは難しいだろう。だから、元ドクターが闇の移植手術をしてたとしても別に不思議じゃねえやな」

「そうだね」

「死体泥棒を突きとめたら、見城ちゃんは首謀者《しゅぼうしゃ》から口止め料を強請《ゆす》る気なんだろ？」

「そいつが救いようのない悪人なら、丸裸にしてやろうと考えてる」

「その野郎がリッチマンだったら、おれにも一枚嚙ませろや」

「相変わらず欲が深いね。自分の獲物の骨まで喰《く》らえばいいじゃないか」

「他人《ひと》の酒や女もそうだけどさ、他人の獲物はうめえんだよ。見城ちゃんのほうの事件《ヤマ》の取り分は、六四でいいからさ」

「七三なら、考えてもいいよ」

「見城ちゃんもセコくなりやがったな。七海ちゃんに入れ揚げる気になったんじゃねえの？」

百面鬼は相棒を茶化し、葉煙草《シガリロ》の火を消した。

ちょうどそのとき、部屋のインターフォンが鳴った。見城が札束の詰まった手提げ袋をリビングボードの陰に隠してから、壁に掛かった受話器を取った。

遣《や》り取《と》りは短かった。来訪者は毎朝日報の唐津だという。見城が玄関ホールに向かった。

百面鬼は左手首のオーディマ・ピゲに目を落とした。

三時七分過ぎだった。小松組の事務所に向かうまで少し時間がある。百面鬼は久しぶりに唐津と雑談を交わしたくなった。

「新宿署のやくざ刑事も来てたのか」

唐津が憎まれ口をたたきながら、居間に入ってきた。

見城は唐津にソファを勧めると、ダイニングキッチンに移った。何か冷たい飲みものでも出してくれるのだろう。

「旦那、たまには髪の毛を梳《と》かしたほうがいいんじゃねえの？　まるで雀《すずめ》の巣みてえだぜ」

「いいんだよ。このぼさぼさ頭は、おれのトレードマークなんだから」

唐津がそう言って、少し前まで見城が坐っていたソファに腰かけた。

「取材の帰りか何かか？」

「うん、まあ」

「どんな事件《ヤマ》を追ってるんだい？」

「半年ほど前から四谷の大病院で若い女性の死体が八体も盗まれた」

「そうだったな」

百面鬼は言って、さりげなくダイニングキッチンに視線を走らせた。目が合うと、見城は無言で首を横に振った。唐津に余計なことは喋るなというサインだ。

百面鬼は目顔《めがお》でうなずき、前に向き直った。

「おたくたち二人は例によって、何か悪巧《わるだく》みをしてたようだな」

「人聞きの悪いことを言わねえでくれよ。見城ちゃんとおれは経済談義に耽《ふけ》ってたんだ。どん底に近いとこまで沈み込んじまった日本経済をどうすれば再生できるのかって、真剣に話し合ってたんだよ」

「どうせなら、もう少し気の利いたジョークを言ってくれ」

唐津がよれよれの綿ジャケットの内ポケットから、ハイライトの袋と簡易ライターを摑み出した。火を点けたとき、見城が摺《す》り足でやってきた。

三つのタンブラーには、コーラが入っていた。見城は飲みものをコーヒーテーブルに置くと、百面鬼のかたわらに坐った。

「何か変だなと感じたのは、松丸君がいないせいなんだな」

唐津が低く呟《つぶや》いた。すぐに百面鬼は口を開いた。

「松がいねえと、やっぱり何か物足りないね。あいつが死んで、もう三カ月が過ぎた。早《はえ》えもんだな」

「そうだね。松丸君はおたくたちの飲み友達だったし、助手みたいな存在だったからな」

「おれが松を若死にさせちまったんだ。そのことでは、奴の両親には済まねえと思ってる」

「湿っぽくなりそうだから、話題を変えよう」

唐津が慌《あわ》てて言い、若年層の就職難が深刻化していることを話題にしはじめた。見城が気を利かせて、唐津の話し相手になってくれた。

百面鬼は言葉にこそ出さなかったが、見城の思い遣《や》りに感謝していた。いつまでも松丸の話がつづいたら、居たたまれない気持ちになっていただろう。

百面鬼は頃合を計って、会話に加わった。話題は次々に変わったが、三人の雑談は途切れることはなかった。

百面鬼は、ひと足先に見城の部屋を出た。

覆面パトカーに乗り込み、すぐ新宿に向かう。小松組の事務所のドアを押したのは、約束の時間の五分前だった。

代貸の中谷は、すでに事務所にいた。百面鬼は中谷に導かれ、奥の組長室に入った。

「小松の告別式は無事に済んだのか？」

「ええ、おかげさまで。全国から系列の親分衆が列席してくれて、盛大な葬儀になりました。死んだ組長《オヤジ》に恥をかかせるようなことはなかったと思います」

「それはよかったじゃねえか。例の着手金、用意してくれたよな？」

「ええ。いま持ってきます。どうぞお掛けください」

中谷が応接ソファを手で示し、小松が使っていた両袖机に歩み寄った。

百面鬼はソファに腰を沈めた。中谷が大きなマニラ封筒を両腕で抱え、ソファセットのある場所に戻ってきた。彼は百面鬼と向かい合う位置に坐り、膨らんだマニラ封筒を卓上に置いた。

「着手金の一千万が入ってます。どうぞご確認ください」

「面倒臭《くせ》えから、いいよ。そっちを信用すらあ」

「そうですか。柴を生け捕りにして、バックにいる人物を始末してくれたら、すぐに残りの二千万をお支払いします」

「一週間、いや、十日ぐれえかかるかもしれねえけど、引き受けた仕事はやり遂《と》げらあ」

「ひとつよろしくお願いします」

「ああ、わかった。当分、そっちが組長代行を務《つと》めることになったのか？」

「ええ。組長《オヤジ》の骨を拾ってるとき、姐《あね》さんから組長代行をやってくれと頼まれたんですよ。そして、ありがたいことにわたしを理事会で新組長に推《お》すとも約束してくれました」

「それじゃ、じきにそっちは小松組の新しい親分だな。ま、頑張れや」

「ありがとうございます。先代の名を汚さないよう全力投球するつもりです。正式に跡目《あとめ》を継《つ》いだら、百面鬼の旦那にも挨拶《あいさつ》いたします」

「そんときは、ちょいと祝儀《しゅうぎ》を弾《はず》まあ」

「祝儀なんて、とんでもない。旦那のお気持ちだけ頂戴《ちょうだい》しておきます」

「そうかい。なら、そういうことにさせてもらうか。こいつは貰っとくぜ」

百面鬼は札束の入ったマニラ封筒を小脇に抱え、ソファから立ち上がった。中谷に見送られ、『小松エンタープライズ』のオフィスを出る。

覆面パトカーは大久保公園の際《きわ》に駐《と》めてあった。百面鬼は雑居ビルの斜め前にある月極駐車場の中に足を踏み入れ、通りからは死角になる場所に身を潜《ひそ》めた。

張り込んで、中谷の動きを探《さぐ》る気になったのである。残照が消えたのは七時過ぎだった。

それから間もなく、久乃から電話がかかってきた。夕食を一緒に摂《と》れるかどうかという問い合わせだった。

「職務で張り込みをすることになったんだ。だから、帰りは遅くなりそうだな。そっちも、どこかで外食しなよ」

百面鬼はそう言って、先に電話を切った。

私物の携帯電話を懐に戻したとき、雑居ビルの前に黒塗りのクライスラーが停まった。運転席から降り立ったのは、小松組の若い組員だった。

中谷が外出するのかもしれない。

百面鬼はごく自然な足取りで月極駐車場を出て、クラウンを駐《と》めてある通りの角まで歩いた。コンクリートの電信柱の陰から雑居ビルをうかがう。

ほどなく中谷が姿を見せ、クライスラーの運転席に入った。大幹部クラスのやくざが若い組員をガードにつけないときは、愛人に会いに行く場合が多い。

百面鬼は覆面パトカーに飛び乗り、大急ぎで車をバックさせた。早くもクライスラーは走りだしていた。百面鬼は、中谷の車を尾行しはじめた。クライスラーは区役所通りに出ると、靖国通りを左折した。

殺された小松の自宅とは、逆方向だった。有希に会いに行くのではないのか。中谷は有希と都心のマンションで密会するつもりなのかもしれない。

やがて、クライスラーは九段下にあるシティホテルの地下駐車場に潜《もぐ》った。百面鬼も覆面パトカーを地下駐車場に入れた。

大型外車を降りた中谷は、階段を使って一階に上がった。百面鬼は、すぐさま中谷を追った。中谷はフロントにいた。部屋の鍵を受け取ると、エレベーターホールに向かった。

百面鬼はフロントに歩み寄り、三十代後半のフロントマンに声をかけた。

「いまキーを受け取った男の部屋番号を教えてくれ」

「失礼ですが、ご身分をお教えいただけますか？」

フロントマンが穏《おだ》やかに言った。百面鬼は警察手帳を呈示した。

「刑事さんでしたか。お客さまは十階の一〇〇五号室をご利用になられます」

「ツインベッドの部屋だな？」

「さようでございます。お連れさまは直接、お部屋にお入りになるとのことでした」

「そう」

「あのう、一〇〇五号室のお客さまが何か法に触《ふ》れるようなことをされたのでしょうか？」

フロントマンが好奇心を露《あらわ》にした。

「ちょっとした内偵だよ。このホテルに迷惑はかけない。おれのことは内分《ないぶん》にな」

「わかっております」

「そうか」

百面鬼はフロントから離れ、ロビーのソファに腰かけた。備《そな》えつけの夕刊を読む振りをしながら、玄関の回転扉を注視しつづけた。

十五分ほど流れたころ、茶色のファッショングラスで目許を隠している白いスーツを着た女がロビーに入ってきた。百面鬼は女の顔をよく見た。

小松有希だった。有希はフロントの横を通り抜け、手前のエレベーターに乗り込んだ。

百面鬼はソファから立ち上がり、エレベーターホールに急いだ。階数表示ランプを見上げると十階で停止した。

中谷と有希が愛人関係にあることは、もう間違いない。二人がベッドに入ったころを見計らって、一〇〇五号室に押し入ろう。

百面鬼は地下駐車場にいったん戻り、車のグローブボックスの中からオーストリア製のグロック17を取り出した。小松から預かったままの拳銃である。

百面鬼はグロック17をベルトの下に差し込んでから、静かに車を降りた。地下一階でエレベーターに乗り込み、そのまま十階まで昇った。

函《ケージ》を出たとき、制服をまとった小柄なホテルマンが目の前を通り過ぎていった。百面鬼はエレベーターホールに留《とど》まり、小柄なホテルマンの動きを見守った。

なんとホテルマンは一〇〇五号室の前に立ち、部屋のチャイムを鳴らした。冷房機器か何かの調子が悪くて、中谷がホテルの従業員を部屋に呼びつけたのだろうか。

ほどなくホテルマンは、一〇〇五号室の中に入っていった。

百面鬼は廊下を進んだ。一〇〇五号室を素通りし、一〇〇九号室の横にある非常口にたたずんだ。その場所は廊下から少し引っ込んでいた。

一分も経《た》たないうちに、ホテルマンが部屋から現われた。幾分、目が血走っていた。小柄なホテルマンは小走りでエレベーターホールに消えた。

それから間もなく、有希があたふたと一〇〇五号室から飛び出してきた。ファッショングラスはかけていない。顔面蒼白《がんめんそうはく》だった。有希は逃げるような感じで部屋から遠ざかっていった。

一〇〇五号室で何かあったようだ。

百面鬼はそう直感し、部屋に急いだ。

室内に入ると、白いバスローブ姿の中谷がベッドの側に倒れていた。仰向《あおむ》けだった。心臓部が鮮血で染まっている。

「おい、中谷！」

百面鬼は駆け寄った。かすかに硝煙《しょうえん》の臭《にお》いがする。

銃声は耳に届かなかったが、中谷はホテルマンを装った小柄な男に撃たれたのだろう。

百面鬼は屈《かが》み込み、中谷の右手首を取った。

肌の温《ぬく》もりは伝わってきたが、脈動《みゃくどう》は熄《や》んでいた。ベッドとベッドの間に置かれたサイドテーブルには、有希のファッショングラスが載《の》っていた。気が動転したため、置き忘れてしまったのだろう。

それにしても、なぜ中谷は撃ち殺される羽目になったのか。有希が女組長になりたくなって、ホテルマンに化けた殺し屋《ヒットマン》に不倫相手の中谷を射殺させたのだろうか。そうではなく、彼女は無実なのか。

ファッショングラスを届けがてら、有希にそのあたりのことを確かめてみることにした。

百面鬼は死体を跨《また》いで、サイドテーブルに近づいた。

4

風圧に似たものが耳許《みみもと》を掠《かす》めた。

ホテルの地下駐車場を歩いているときだった。

銃弾の衝撃波だ。背後で着弾音がした。

百面鬼は身を屈《かが》め、ベルトの下からグロック17を引き抜いた。手早くスライドを引き、あたりを見回す。

すると、出入口のスロープの下にホテルマンを装った小柄な殺し屋が立っていた。右手に握っているのは、ロシア製のサイレンサー・ピストルのマカロフPbだ。

百面鬼は、相手との距離を目で測《はか》った。

三十メートル以上は離れていた。標的が遠過ぎる。拳銃弾がまっすぐに飛ぶのは、せいぜい二十二、三メートルだ。それ以上だと、弾道は下がってしまう。当然のことながら、命中率も落ちる。

百面鬼は中腰のまま、駐《と》められている車の間に走り入った。すぐに偽ホテルマンが二弾目を放ってきた。

ＢＭＷのフロントガラスに亀裂が走った。百面鬼は敵に近づき、グロック17の引き金を絞った。

重い銃声が反響した。残念ながら、九ミリ弾は的《まと》から少し逸《そ》れてしまった。

ホテルの制服を着た男が二発連射し、スロープを駆け昇りはじめた。

百面鬼は追った。追いながら、オーストリア製の拳銃を吼《ほ》えさせた。逃げる男の背中を狙ったのだが、わずかに外してしまった。

偽ホテルマンがスロープを登り切った。

少し遅れて、百面鬼もホテルの地下駐車場を出た。ちょうどそのとき、灰色のワゴン車が急発進した。助手席には、偽ホテルマンが坐っていた。

仲間が待機していたのか。

百面鬼は車道まで駆けた。あいにく車は通りかからない。

みるみるワゴン車が遠ざかっていく。ナンバープレートの両端は大きく折り曲げられていた。５という数字しか見えなかった。

なんてことだ。

百面鬼はホテルのスロープを下《くだ》った。

地下駐車場には数人のホテルマンと客たちがいた。誰もが不安そうな顔で周囲を見回していた。

「さっきの銃声で驚いたんだろうが、もう心配ないよ」

百面鬼は誰にともなく言った。と、ホテルマンのひとりがこわごわ話しかけてきた。

「あなたが撃ったんでしょうか？」

「うん、二発な」

「暴力団の抗争なんですね」

「おれは刑事だ」

百面鬼は警察手帳を見せた。

「警察の方だったんですか。てっきり……」

「組関係の者だと思ったか」

「ええ、まあ。どうも失礼しました」

「気にすんなって。こういう風体《ふうてい》だから、よく組員に間違われるんだ。逃げたのは殺人事件の被疑者なんだよ。緊急逮捕したかったんだが、逃げられちまった」

「その殺人事件というのは、まさか当ホテルで？」

「残念ながら、このホテルで事件が発生したんだ。一〇〇五号室の客が射殺されたんだよ」

「なんですって⁉　それは大変だ」

ホテルマンが同僚とともにエレベーターホールに向かって走りはじめた。野次馬たちも散った。

百面鬼は覆面パトカーに乗り込み、中野に向かった。

殺された小松の自宅に着いたのは、およそ四十分後だった。

百面鬼はクラウンを小松邸の石塀《いしべい》に寄せ、周《まわ》りを注意深くうかがった。怪しい人影は見当たらない。

百面鬼は車を降り、小松邸のインターフォンを鳴らした。ややあって、スピーカーから有希の声が流れてきた。

「どちらさまでしょうか？」

「新宿署の百面鬼だ。夜分《やぶん》申し訳ないが、ちょっと事情聴取させてもらいてえんだよ」

「事情聴取って、わたしからですか？」

「ああ。手間は取らせねえよ。ちょっと家に入れてくれや」

「わかりました。いま、門扉《もんぴ》を開けます」

「悪いな」

百面鬼は門から少し離れた。

玄関から有希が現われ、門扉の内錠を外した。未亡人は九段下のホテルで見た白っぽいスーツを着ていた。中谷が目の前で射殺されたことでショックを受け、着替える余裕もなかったのだろう。

百面鬼は応接間に通された。

向かい合うと、有希が先に口を開いた。

「わたし、法律を破った覚えはありませんけど」

「九段下のホテルの一〇〇五号室で起こったことを話してもらいてえんだ」

「なんのお話なのかしら？」

「奥さん、おれはあんたの不倫相手を尾行してたんだよ。正直に答えてくれねえか」

「わたし、不倫なんてしてません」

「とぼけるなって。あんたは、中谷文博のいる一〇〇五号室に入っていった。おれは、この目でちゃんと見てるんだ。それだけじゃねえ。旦那の仮通夜のあった日、あんたと中谷は庭の暗がりで何かひそひそ話をした後、キスをしてた。それも見てるんだよ」

「えっ」

有希の美しい顔が凍《こお》りついた。百面鬼は上着の内ポケットから婦人用のファッショングラスを取り出し、コーヒーテーブルの上に置いた。

有希が目を丸くした。すぐに彼女は下を向いた。

「このファッショングラスは、一〇〇五号室のサイドテーブルの上にあった。あんたが置き忘れた物だ」

「あなたがなぜ、わたしのファッショングラスを⁉」

「おれは中谷のいる部屋の近くで張り込んでたんだ。やがて、あんたが姿を見せて一〇〇五号室に入ったが、じきに出てきた。そこまで目撃してるんだよ。いい加減に中谷との仲を認めろや」

百面鬼は言った。有希が観念し、語りはじめた。

「わたし、小松の後妻になって数カ月後に夫が愛人を囲ってることに気づいたんです」

「小松は再婚後も、愛人の世話をしてたのか。それは知らなかったな。どんな女なんだい？」

「元看護師の保科瑠衣《ほしなるい》という女性です。二十五、六歳だったと思います。死んだ夫が彼女とどこで知り合ったのかはわかりませんけど、再婚前から世話をしてたことは確かです」

「で、あんたは腹いせから、中谷といい、しんねこになったってわけか」

「中谷さんは夫に裏切られてるわたしに同情してくれて、何かと優しくしてくれたんです。彼に奥さんがいたら、絶対に不倫に走ったりはしなかったと思います。でも、もう何年も前に離婚してたんで……」

「できちまったわけだな？」

百面鬼は言って、葉煙草《シガリロ》をくわえた。

「魔が差したんです。でも、中谷さんと男女の関係になったら、次第に彼に魅《み》せられるようになってしまって別れられなくなったんです」

「不倫ってやつは危険を孕《はら》んでるから、燃えるんだろうな」

「そうなのかもしれません」

「中谷にしたって、親分の女房を寝盗《ねと》ったわけだから、下剋上《げこくじょう》の歓《よろこ》びを味わえたろうし、さぞや毎日がスリリングだったにちがいねえ」

「中谷さんは本気でわたしを想《おも》ってくれてたんです。少なくとも戯《たわむ》れなんかじゃなかったと思います。彼は、わたしが小松と別れて自分の胸に飛び込んでくれることを望んでたんです」

「けど、あんたは小松に別れ話を切り出すことができなかった？」

「ええ。ご存じのように死んだ夫は短気ですから、わたしにはもちろん、中谷さんにもひどい仕打ちをするだろうと思ったんですよ。自分はどんな目に遭《あ》っても仕方ありませんけど、中谷さんが殺されるようなことになったら……」

有希がうつむいた。

「それで、あんたと中谷は小松を殺《や》っちまおうと考え、柴道夫たち三人を雇ったんじゃねえのか？」

「柴道夫って、誰なんです？」

「極友会老沼組を破門された野郎のことだ。柴は知り合いのチンピラを誘って、小松を拉致したあと、金属バットで撲殺した。中谷は組長の座とあんたの両方を手に入れたかったんだろう」

「中谷さんとわたしが共謀して、第三者に小松を殺害させたというんですか⁉」

「ま、黙って聞けや。あんたたち二人の企《たくら》みはうまく成功したが、中谷との間で何かトラブルが起こった。で、あんたはホテルマンになりすました小柄な殺し屋《プロ》を一〇〇五号室に呼び寄せ、中谷を射殺させた。あんた、女組長になりたくなったんじゃねえのか？」

百面鬼は葉煙草《シガリロ》の火を消しながら、有希の顔を見据えた。

「中谷さんもわたしも、絶対に小松の事件には関与してません。もちろん、中谷さんの死にもわたしはタッチしてません。わたしにとって、彼は大切な男性だったんです。大好きだった中谷さんを殺させるわけないでしょ。そんなふうに疑われるのは心外ですっ」

「ホテルマンを装った奴は、本当に知らねえのか？」

「ええ。ホテルマンにしては、小柄でしたね。それに中性的な感じだったわ」

「中性的だったって？　それはそうと、一〇〇五号室で起こったことを精《くわ》しく話してくれや」

「わたし、ファッショングラスをサイドテーブルに置いたとき、中谷さんに抱き寄せられたの。ベッドとベッドの間でキスをしてるとき、部屋のチャイムが鳴ったんです。相手がホテルの者だと名乗って、スプリンクラーの点検をさせてほしいと言ったんです」

「で、中谷はドアの内錠を外したんだな？」

「そうです。ホテルマンに化けた襲撃者は銃身の長い拳銃を突きつけて、中谷さんをベッドのそばまで後ずさりさせたんです。それから男は中谷さんの名前を確かめると、至近距離から彼の心臓を撃ったんです」

「偽ホテルマンは、そっちには銃口を向けなかったのか？」

「ええ。わたしを鋭く睨《にら》みつけただけで、すぐに部屋から出ていきました」

「問題は、そこなんだよな。偽ホテルマンは犯行現場をあんたにもろに目撃されてるんだぜ。ふつうなら、自分に不都合な人間は始末するだろうが。だから、おれはあんたが殺し屋を雇って、中谷を片づけさせたんじゃねえかと疑ったんだ」

「疑われても仕方ないのかもしれませんけど、わたし、夫や中谷さんの事件には関わってません。それだけは、どうか信じてください」

有希がそう言い、百面鬼の顔を正視した。

人間は疚《やま》しさがあると、つい目を逸《そ》らす。前科歴の多い犯罪者はポーカーフェイスが上手だが、それでも刑事の目を長くは見られないものだ。

有希の視線は一瞬たりとも揺らがなかった。

嘘はついていないだろう。百面鬼は確信を深めた。刑事の勘だった。

「わたしの言ったこと、信じてもらえたでしょうか？」

「信じてやらあ」

「もしかしたら、夫と中谷さんは同じ人物に狙われたのかもしれません」

「なんでそう思うんだい？」

「刑事さんもご存じでしょうが、小松組は金銭的に余裕がなかったんです。麻薬や管理売春は御法度《ごはっと》ですからね。それで小松と中谷さんは義友会本部には内緒で、何か非合法ビジネスをやってたみたいなんです」

有希が言った。

「どんなダーティー・ビジネスをやってたんだい？　高級車の窃盗、090金融、占有屋、地下げ屋、産業廃棄物の裏処分、倒産企業の整理、故買屋、取り込み詐欺《さぎ》、ヤラセ盗撮DV

D、ぼったくりバー、暴力カジノといろいろあるよな」
「具体的なことはわかりませんけど、今年に入ってから急に金回りがよくなったんです」

「そうか」

百面鬼は有希の話を信じる気になった。

撲殺された小松は、進藤を三千万円で葬《ほうむ》ってくれと言った。また中谷は拉致された組長を救出してくれたら、三千万円の謝礼を払うと約束した。小松殺しの実行犯を生け捕りにして、黒幕を始末した場合も多額の成功報酬を出すと言った。現に中谷は、一千万円の着手金を払ってくれている。

そういうことができるのは、小松組が裏金を溜め込んでいたからだろう。殺された小松と中谷は、かなり危ない裏ビジネスをしていたらしい。そのため、二人は命を落としてしまったのか。

「小松は面倒を見ていた女性には、何か話してるかもしれませんね」

「保科瑠衣の住まいはわかるかい？」

「ええ。JR高円寺駅の近くにある『高円寺レジデンシャルコート』というマンションの七〇七号室に住んでます。わたし、小松が週に二日も外泊するんで、一度、夫を尾行したことがあるんです。それで、愛人がいることがわかったんですよ」

「瑠衣って女に会えば、何かわかるかもしれねえな」

「そうですね」

「中谷も、あんたに裏仕事のことはまったく言わなかったんだね？」

「ええ。わたしに醜《みにく》い部分を見せたくなかったからだと思います。中谷さんは、カッコよく生きることを信条にしてましたから」

「確かに奴はカッコつけてたよな。それはともかく、故人に線香を手向《たむ》けさせてくれや。おれ、本通夜と告別式には顔を出さなかったからな」

「遺骨は奥の仏間《ぶつま》にあるんです。ご案内します」

有希がソファから腰を浮かせた。百面鬼も立ち上がった。

二人は応接間を出て、階下の奥まった所にある仏間に入った。十畳間だ。

大きな仏壇の前に急拵《ごしら》えの祭壇がしつらえられ、小松の遺影、骨箱、花、供物《くもつ》、香炉などが並んでいた。

百面鬼は遺影の前に正坐し、線香を手向けた。合掌し、胸の中で経文《きょうもん》を唱えはじめた。

少し経《た》つと、脈絡もなく初体験の相手の若い後家のことが脳裡に蘇《よみがえ》った。彼女は結婚して一年半後に夫に先立たれてしまった。自殺だった。

百面鬼は高一の夏、父の代わりに未亡人宅を訪れた。新盆だからか、二十六歳の後家は

「無理だよ、そんなことは」

「偽の家宅捜索《ガサイレ》かけりゃいいだろうが。隠し金をうまく没収したら、すぐ連絡しな。言っとくが、おれが進藤を殺《や》ったことはそっちの切札にゃならねえぞ」

「どうして？」

井上が問いかけてきた。

「仮にてめえが必死こいて物証を集めても、おれはまず手錠《ワッパ》打たれることはねえ」

「あんた、大物政治家か警察官僚《キャリア》の弱みを押さえてるのか⁉」

「まあ、そんなとこだ。だから、おれに逆《さか》らわねえほうがいいぜ。さっき撮《と》った写真を使われたくなかったら、進藤の自宅を物色してみるんだな」

「悪党だな、あんたは」

「てめえは小悪党だ」

百面鬼は井上の睾丸《こうがん》を膝頭で蹴り上げた。

井上が唸《うな》りながら、ゆっくりと頽《くずお》れた。百面鬼は口の端を歪《ゆが》め、大股《おおまた》で歩きだした。

第三章　盗まれた若い女の死体

1

ブレンドコーヒーを飲み終えた。

百面鬼は葉煙草《シガリロ》に火を点けた。

日比谷公園内にあるレストランの一階だ。そこはティールームになっていた。

神奈川県警の井上に脅しをかけた翌日の午後三時数分前だ。百面鬼は本庁公安第三課の郷刑事を待っていた。午後一番に郷から電話があり、この店で落ち合うことになったのである。

葉煙草《シガリロ》が半分近く灰になったころ、郷が飄然《ひょうぜん》と店内に入ってきた。

中肉中背で、一見、教師風である。だが、何かの弾みで眼光が鋭くなる。やはり、刑事だ。

百面鬼は郷に笑いかけ、喫《す》いさしの葉煙草《シガリロ》の火を消した。

郷が向かい合う位置に坐った。すぐにウェイターが水を運んできた。郷はメニューを見てから、グレープジュースを注文した。ウェイターが下がった。

「きのうの夜は、千葉県警の知り合いとだいぶ飲んだみてえだな？」

百面鬼は言った。

「一課の奴とは久しぶりに会ったんで、結局、三軒ハシゴすることになったんだ。終電に間に合わなくて、タクシーでご帰還だよ。かなり経費がかかったから、謝礼は多めに出してもらわなきゃな」

「内容によらあ。で、どうだったんでえ？」

「凶器の金属バットは死体発見現場近くの小川に沈められてたそうだ」

「指紋《モン》は？」

「握り《グリップ》に二人の男の指紋と掌紋《しょうもん》が付着してたってさ。その二人が代わる代わる金属バットで小松の頭部をぶっ叩《たた》いたんだろう。剖検によると、頭蓋骨《ずがいこつ》はぐちゃぐちゃだったらしいよ」

「指紋と掌紋から、被疑者《マルヒ》は浮かび上がったのか？」

「ひとりは前科歴のある元テキ屋で、柴道夫《しばみちお》、三十一歳だ。もうひとりは犯歴がなかったんで、氏名も職業も不明だという話だったよ」

「捜査本部《チヨウバ》は、もう柴を任意同行させたんだな？」

「別件で身柄《ガラ》を押さえるつもりだったらしいんだが、柴は西船橋の自宅マンションには何日も前から戻ってないそうだ。おそらく知人宅か、情婦《おんな》の家に隠れてるんだろう」

郷が言って、コップの水で喉《のど》を潤《うるお》した。コップを卓上に戻したとき、ウェイターがグレープジュースを運んできた。

会話が中断した。ウェイターが遠のくと、百面鬼は上体を前に傾けた。

「柴が足《ゲソ》つけてたのは？」

「極友会《きよくゆう》老沼《おいぬま》組。縄張《シマ》りは千葉市一帯なんだが、組員は二十人もいない下部団体《エダ》らしい。柴は天津甘栗《テンシンあまぐり》や装身具を売ってたようだが、組長の娘に手をつけて破門されたんだってさ。相手は中二だったそうだ」

「破門されたのは？」

「一年ぐらい前だ。前科《マエ》は傷害と恐喝がひとつずつだな。破門されてからは街金の取り立て《キリトリ》をやってたり、白タクで稼いでたらしいよ」

「柴に情婦《おんな》は？」

「風俗嬢をやってる娘《こ》が最近の彼女みたいだな。二十一歳らしい」

郷がそう言い、上着の内ポケットからメモを抓《つま》み出した。

その紙片には柴道夫と愛人の現住所が記《しる》してあった。風俗嬢は水島加奈《みずしまかな》という名で、市川市内に住んでいた。

「とりあえず、この加奈って娘《こ》の家《ヤサ》に行ってみらあ。二人の顔写真《ガンクビ》までは入手できなかったんだろう？」

「ああ、残念ながらね。顔写真をコピーしてるとこを誰かに見られたら、怪しまれるからな。おれの知り合い、割に上昇志向が強いんだよ」

「出世の妨《さまた》げになるようなことまではできねえってわけか。そいつ、警察官僚《キャリア》じゃねえんだろ？」

百面鬼は訊いた。

「ああ、ノンキャリアだよ。どう頑張ったって、キャリアを凌《しの》ぐことはできないんだがね。しかし、人それぞれ生き方が違うから、本人にあれこれ言う気はないよ」

「なんか話が逸《そ》れはじめたな。ほかに何か手がかりは？」

「小松の靴底に海草と貝殻《かいがら》の欠片《かけら》がくっついてたそうだ」

「そうか。小松は三人組に拉致《らち》された後、海のそばに監禁されてたのかもしれねえな。あるいは、浜辺に連れ出されて海に沈められそうになったのかもしれねえ。けど、近くに釣り人かサーファーがいたんで、三人組はそこで小松を殺すのを諦《あきら》めたんじゃねえのかな？」

「おれは後者だと思うね」

「柴の共犯者《レッツ》たちも、元組員なのかもしれねえな」

「考えられるね。拉致に使われた黒いキャデラックは、まだ発見されてないようだったな」

「実行犯たちが、いまも同じ車を乗り回してるとは思えねえ。おそらく山の中に乗り捨てにしたか、岸壁から海中に落としたんだろう」

「多分ね」

郷が言って、ストローでグレープジュースを吸い上げた。

「小松の遺体は、もう中野の自宅に搬送されたんだろ？」

「そのはずだよ。柴道夫を取っ捕まえることができれば、小松の殺害を命じた奴がわかるんじゃないのか」

「そうだな」

「少しは役に立った？」

「大いに助かったよ。エリート公安刑事に下働きさせちまって、悪かったな」

「からかうなって。おれはエリートなんかじゃないよ」

「公安と警備はエリートコースじゃねえか。おれなんか防犯（現・生活安全課）が振り出しだったからな。いまは生活安全課というセクション名になってるが、取り締まる相手は盛り場の薄汚《うすぎたね》え悪党ばかりだった」

「そういう連中に袖《そで》の下を使わせて、女も提供させてたお方はもっとダーティな悪党《ワル》じゃないか」

「郷、おまえはおれのことを誤解してるな。ヤー公に飯を奢《おご》られたことはあるが、そんなあくどいことはしてねえって」

「そろそろ同期の桜に胸を開いてくれてもいいんじゃないのか。こないだも言ったが、おれもサイドワークに励みたいんだよ。フランク・ミューラーの超高級腕時計も嵌《は》めてみたいし、Ｅクラス程度のベンツぐらいは乗り回したいんだ」

「物欲を膨らませると、人生、しくじることになるぜ」

「しくじったって、いいさ。たった一度の人生なんだから、少しはいい思いをしたいんだ。百面鬼が裏でやってることは、おおよそ見当がつく。情報を集めて小遣い貰《もら》えるのはありがたいが、どうせなら、百面鬼の相棒にしてもらいたいんだ。どうだい？」

「郷、無防備だな」

「無防備？」

「ああ。おまえは公安刑事だろうが。おれの上着の左ポケットにゃ、ＩＣレコーダーが入ってるんだ。それだけじゃねえ。実はおれ、本庁人事一課監察のスパイなんだよ」

「えっ」

「冗談だって」

「びっくりさせるなよ。心臓が止まるかと思ったぜ」

「当分、情報集めを頼まあ。これは今回の謝礼だ」

百面鬼はテーブルの下で二十枚の万札を郷に渡した。

「この厚みだと、三十万はないな。経費がいろいろかかってるんだから、もう少し色をつけてくれないか」

「郷、これから公安三課の課長をおれに紹介してくれや。おまえが職場を抜け出して、おれと会ってた目的を教えてやりてえんだ」

「やくざな男だ」

郷が苦笑し、肩を竦《すく》めた。

「この次は、少し色をつけてやらあ」

「よろしく頼むよ。これから、市川の水島加奈のマンションに行くのか？」

「ああ。おれのコーヒーは、おまえの奢《おご》りだぜ」

百面鬼は卓上の伝票を郷の前に押しやり、すっくと立ち上がった。郷が、また肩を竦めた。

百面鬼はレストランのティールームを出た。

雨雲が低く垂れている。いまにも大粒の雨が落ちてきそうだ。

百面鬼は急ぎ足になった。覆面パトカーは公園の外周路に駐《と》めてある。ほどなく百面鬼はクラウンに乗り込み、すぐさま発進させた。

大手町回りで、京葉道路に入る。荒川と江戸川を越えると、もう千葉県の市川市だ。

水島加奈の住むマンションは、市川駅から四、五百メートル離れた場所にあった。六階建ての賃貸マンションだった。

クラウンをマンションの横に停めたとき、雨が降りはじめた。雨勢は強かった。黒い路面で白い雨脚《あまあし》が躍《おど》っている。

百面鬼は覆面パトカーを降りると、マンションのアプローチを一気に走った。それでも、着衣はだいぶ濡《ぬ》れてしまった。サングラスのレンズにも、雨滴がへばりついている。

百面鬼はサングラスをいったん外し、ハンカチで水気を拭《ぬぐ》い取った。ふたたびサングラスをかけ、集合郵便受けに目をやる。

水島加奈の部屋は最上階の六〇一号室だった。表玄関はオートロックシステムにはなっていなかった。エントランスロビーに刑事らしい人影は見当たらない。

誰も張り込んでいないということは、柴道夫は加奈の部屋には近づいていないのだろう。

百面鬼はそう思いつつも、ロビーに入った。加奈が在宅していれば、柴の潜伏先を探《さぐ》り出せるかもしれないと考えたのである。

エレベーターで最上階まで上がり、六〇一号室のインターフォンを鳴らした。すぐにスピーカーから、若い女の声が響いてきた。

「はーい、どなた？」

「ヤマネコ宅配便です。こちら、水島加奈さんのお宅ですよね？」

百面鬼は、もっともらしく訊《き》いた。

「うん、そう。あたしが加奈よ」

「認め印をいただけます？」

「ちょっと待ってて」

スピーカーが沈黙した。百面鬼はオレンジ色のドアに背を向け、荷物を両腕で抱えている振りをした。

加奈がドア・スコープで来訪者を確かめても、百面鬼の顔は見えないはずだ。ただ、百面鬼は宅配業者の制服を着ていない。そのことで、相手に不審がられるかもしれなかった。加奈がドアを開けなかったら、ピッキング道具か警察手帳を使うまでだ。

百面鬼は悠然としていた。

室内でスリッパの足音が聞こえ、シリンダー錠が解《と》かれた。ドアが開けられた。百面鬼は振り向くなり、ノブに手を掛けてドアを大きく開けた。

「荷物は？　あっ、あんた、宅配便の配達員じゃないわね」

加奈が玄関マットの上まで後退した。だぶだぶの白いプリントTシャツに、下は黒のハーフパンツという組み合わせだ。乳房は大きい。

百面鬼は部屋の中に身を滑らせ、すぐにドアを閉めた。

「どこの組の男性《ひと》なの？」

「おれは刑事だ」

「嘘《うそ》ばっかり！　どっから見ても、やくざじゃないの」

「あんまり世話かけんなよ。これでも刑事なんだ」

「本物だったら、警察手帳を見せてよ」

加奈が言った。震え声だった。メークが濃いが、まだ幼さを留《とど》めていた。

百面鬼は警察手帳をちらりと見せた。

「あり得ねえ」

加奈が若者の間で流行《はや》っている言葉を使った。

「柴道夫の潜伏先を教えてくれ」

「あたし、知らないって。ほかの刑事が何度もここに来て、同じことを訊いたけど、ほんとに知らないのよ」

「柴が犯行《ヤマ》を踏んだことは？」

「それは知ってる。道《みっ》ちゃんが電話してきて、新宿の小松組の組長を金属バットで殺《や》っちゃったって言ってたから」

「それは、いつのことだ？」

「きのうの朝よ。危《ヤバ》いから、しばらく姿をくらますって言って、すぐに電話を切っちゃったの」

「逃亡先、見当つくんじゃねえのか？」

百面鬼は畳みかけた。

「わかんない。あたしには、見当もつかないわ。ただ、勝浦《かつうら》の実家や老沼組の関係者のとこには行ってない気がする。そんなとこに隠れてたら、じきに警察に逮捕《パク》られちゃうもんね。道ちゃんがここに来なかったのも、同じ理由だと思うわ」

「柴は誰に頼まれて、小松組の組長を殺《や》ったと言ってた？」

「そういうことは何も言わなかったけど、道ちゃんはお金が欲しくて事件を起こしたんじゃないかな。彼ね、デリバリーヘルスの仕事をやりたがってたの。いい女の子を集めるには、それなりの前渡し金《ヴァンス》が必要なんだって。だから、千数百万はどうしても工面《くめん》したいと言ってたのよ」

「殺しの成功報酬は、もう依頼人から貰った様子だったか？」

「額はわからないけど、もう謝礼は貰ってると思う。だって彼、あたしにお金をせびろうとしなかったから。ほとぼりが冷めるまで潜伏してても、支払いに困ることはなさそうな感じだったわよ」

「そうか。柴の携帯かスマホのナンバーを教えてくれ」

「道ちゃん、スマホを解約してプリペイド式の携帯に換えちゃったみたいなの。あたし、さっきその携帯に電話してみたんだけど、機械の音声で『この電話は現在、使われていません』と言ってたから」

「一応、ナンバーを教えてくれ」

「いいわよ」

加奈が電話番号をゆっくりと告げた。百面鬼は懐から私物の携帯電話を取り出し、数字キーを押した。

やはり、柴が使っていたプリペイド式の携帯電話は使われていなかった。

「あたしの言った通りだったでしょ？」

「ああ。そっちは柴の交友関係、よく知ってるんだろ？」

「よくってほどじゃないけど、老沼組の人たちのことは知ってる。それから、街金の人たちも何人か道ちゃんに紹介されたことがあるわ」

「そうか。事件を起こす前、柴に何か変わったことは？」

「道ちゃん、よく東京に出かけてたわね。多分、殺しの依頼人に会ったり、死んだ小松とかいう組長の行動パターンを調べてたんじゃないのかな」

「そうなのかもしれねえ。協力に感謝すらあ。ありがとよ」

「道ちゃん、捕まったら、死刑になっちゃうの？」

「殺した相手がやくざだから、せいぜい三、四年の懲役刑だろうな」

「そのぐらいだったら、あたし、道ちゃんを待っててやろうかな」

「幸せになりてえんだったら、柴とは別れたほうがいいな。屑《くず》は死ぬまで屑だからさ」

「確かに道ちゃんは自分勝手なとこがあって、ちょっと短気よね。だけど、案外、優しいとこもあんの。いつだったか、あたしが風邪で熱を出したとき、わざわざお粥《かゆ》をこしらえてくれて木のスプーンで食べさせてくれたのよ。そのせいか、次の日には熱が下がったの」

「おそらく柴は稼ぎのいいそっちを手放したくなかったから、気に入られるようなことをしたんだろう」

「そうなのかな」

加奈が小首を傾《かし》げた。

「甘《あめ》えな。そんなふうに悪い野郎にコロッと騙《だま》されてちゃ、一生、泣きを見ることになるぜ」

「確かにあたしって、男運はよくないのよね。つき合ってきた男たちになんとなく貢《みつ》ぐようになっちゃったし、サラ金の保証人になってあげたりしたんで、結局は風俗のお店で働かざるを得なくなったわけだから」

「月並な言い方しかできねえけど、もっと自分を大事にしなって。それじゃ、元気でな」

百面鬼は六〇一号室を出ると、エレベーターで一階に降りた。

雨は一段と激しくなっていた。百面鬼はクラウンに飛び乗り、西船橋に向かった。

柴の自宅マンションを探し当てたのは、およそ三十分後だ。

エレベーターのない三階建てのワンルームマンションだった。部屋は二〇四号室だ。

百面鬼は地元の刑事たちが張り込んでいないことを目で確かめてから、柴の部屋に近づいた。ピッキング道具を使って、室内に忍び込む。

部屋の空気は蒸《む》れ、まるでサウナのようだ。おまけに食べ物の腐敗臭《ふはいしゅう》もする。

百面鬼は息を詰め、ベランダに歩《ほ》を進めた。サッシ戸を大きく開け放ち、室内に外気を入れた。雨の匂いがなだれ込んできた。

百面鬼は上着を脱ぐと、部屋の隅まで入念に検《しら》べはじめた。

だが、住所録の類《たぐい》はなかった。柴の背後にいる人物を割り出せるような物は、とうとう何も見つからなかった。

骨折り損のくたびれ儲《もう》けか。東京に戻って、小松の仮通夜に顔を出してみよう。運がよければ、事件を解く鍵が見つかるかもしれない。

百面鬼はサッシ戸を閉め、上着を羽織《はお》った。

2

遺体は北枕に安置されていた。

中野区内にある小松の自宅の和室だった。十畳間だ。仮通夜が営まれていた。亡骸《なきがら》の枕《まくら》許《もと》には、後妻の有希が坐っている。泣き腫《は》らした上瞼《うわまぶた》が痛々しい。

百面鬼は正坐し、死者に両手を合わせた。有希が目礼した。

「とんだことになっちまったね」

「ええ」

「旦那の顔、ちょっと見せてもらいてえな」

百面鬼は言った。有希が黙ってうなずき、死者の顔面を覆った白布をそっと捲《まく》った。

小松の顔は土気色《つちけいろ》だった。額から上は繃帯《ほうたい》が巻かれている。口は少しだけ開いていた。

「宗派は異《こと》なるけど、ちょっと弔《とむら》わせてもらうよ」

百面鬼は若い未亡人に断り、奥に並んでいる身内や組員たちに軽く頭を下げた。それから彼は低く経文《きょうもん》を唱《とな》えはじめた。

おい、なんで死んじまったんだよ。おかげで、千五百万貰えなくなっちまったじゃねえか。

百面鬼は声明《しょうみょう》を高めながら、胸の中で故人に恨みごとを言った。

小松に進藤殺しを頼まれたことを有希に打ち明け、残りの千五百万円を払ってもらいたいところだ。しかし、殺人依頼の契約書を交わしていたわけではない。

それに、迂闊《うかつ》に事実を話すのは危険でもあった。第一、現職の刑事が人殺しを請け負ったという話はすんなり信じてもらえないだろう。有希に残金の支払いを強く求めたら、彼女は警察に駆け込むかもしれない。

そうなったら、面倒なことになる。それにしても、千五百万円を諦めるのは惜《お》しい気がする。しかし、仕方がない。

百面鬼は読経の声を一段と高めた。

すると、有希が死んだ夫に取り縋《すが》って泣きはじめた。嗚咽《おえつ》は、ほどなく号泣《ごうきゅう》に変わった。

百面鬼は読経を切り上げ、有希の肩を無言で軽く叩きつづけた。泣き声が少しずつ小さくなりはじめた。居合わせた人々も涙ぐんでいた。

「千葉県警が必ず犯人を逮捕してくれるよ。奥さん、辛いだろうが、しっかりしなくちゃな。組長夫人なんだから、悲しみを乗り越えて組のことを考えなきゃね」

「は、はい」

有希が上体を起こし、目頭《めがしら》にハンカチを当てた。

「当分の間、代貸の中谷が組長代行を務めることになるのかい？」

「急に夫がこんなことになったんで、まだそこまで……」

「だろうな。いっそ組を解散しちまうって選択肢《せんたくし》もある」

「わたし自身はそれを望んでるんですけど、構成員たちが夫の兄弟分のとこに入れてもらえるかどうかわかりませんよね？」

「そうだな。どこも遣《や》り繰《く》りが楽じゃねえはずだから、小松組の若い衆の引き取り手はそう多くねえだろう」

「となると、なんらかの形で組を存続させないといけないですね。中谷さんと相談してみます」

「そうかい。中谷の姿が見えないようだが……」

「別室で葬儀社の方と本通夜や告別式のことで打ち合わせをしてるんです」

「そう。告別式には顔を出せないかもしれねえけど、気を張って葬儀を終わらせねえとな」

「はい」

「それじゃ、おれはこれで失礼するぜ」

百面鬼は立ち上がり、和室を出た。

玄関ホールに向かうと、別室から代貸の中谷が出てきた。黒ずくめだった。

「旦那《だんな》、わざわざありがとうございました」

「ちょっと時間貰えねえか。そっちに訊きてえことがあるんだ」

百面鬼は言った。

「そうですか」

「廊下で立ち話もなんだな」

「こちらにどうぞ」

中谷が案内に立った。百面鬼は玄関のそばにある応接間に導《みちび》かれた。

二人はコーヒーテーブルを挟んで向かい合った。象牙《ぞうげ》色の応接ソファは総革張りで、どっしりとしている。坐り心地は悪くない。

「旦那、わたしに何を？」

中谷が促《うなが》した。

「捜査本部の連中は、どこまで捜査が進んでると言ってんだい？」

「組長《オヤジ》を拉致した三人組の犯行《ヤマ》と思われると言っただけで、具体的なことは姐《あね》さんにもわたしにも話してくれませんでした」

「そうかい。千葉県警はずいぶん慎重だな」

「とおっしゃると、もう犯人は割り出されたんですか？」

「凶器の金属バットが死体発見現場の近くの小川から見つかったことは聞いてるよな？」

「ええ」

「金属バットに付着してた指紋と掌紋から、実行犯が割り出されたらしいぜ」

「その話は、千葉の警察の方から聞いたんですか？」

「うん、まあ」

「組長《オヤジ》を殺《や》ったのは誰なんです？」

「実行犯は二人なんだ。片方は不明なんだが、もうひとりは柴道夫って奴で、かつて極友会老沼組の構成員だった野郎だよ」

「そうですか。うちは極友会とは友好関係にありますから、別に何もトラブルはなかったはずなんですがね」

「柴は不始末をやって、老沼組を破門されてるんだ。その後は街金の取り立て《キリトリ》をやったり、白タク営業してたらしい。どっちもたいした稼ぎにならなかったみてえで、つき合ってる風俗嬢に小遣い回してもらってたようだな」

「で、そいつは少しまとまった銭が欲しくなって、組長殺《オヤジ》しを引き受けたんですね？」

「そうなんだろうな」

「千葉県警は、その柴道夫って奴の身柄《ガラ》をもう押さえたんですか？」

「いや、まだだ。犯行後、柴はどっかに潜《もぐ》っちまったんだよ。千葉県警は柴が立ち寄りそうな所には当然、網を張ったはずだが、未《いま》だに潜伏先もわかってねえみたいだな」

「そうなんですか」

「そこで相談なんだが、柴が逮捕《パク》られる前におれが生け捕りにしてやったら、いくら出す？　小松の救出で三千万が懐に入ると思って、いろいろ買物しちまったんだよ」

百面鬼は、とっさに思いついた嘘を口にした。

中谷は考える顔つきになったが、何も言わなかった。小松の救出に失敗したことで、すっかり信用を失ってしまったのか。もうひと押しする必要がありそうだ。

「組長が破門されたヤー公に殺《や》られたんだぜ。それなりの決着《オトシマエ》をつけるのが仁義だろうが。警察の手に柴が落ちたら、けじめ取れなくなるぜ。おれがそっちだったら、柴を取っ捕まえて、両手足の指を一本ずつ切断するね。それで、殺しの依頼人の名を吐かせらあ。で、そいつにガソリンぶっかけて、火を点けちまうな」

「過激なことをおっしゃる」

「中谷、男を下げてえのか。柴が手錠《ワッパ》打たれる前に何もしなかったら、裏社会の人間たちにそっちは嘲笑《ちょうしょう》されるぜ。それでもいいのかい？」

「旦那、まさかこのわたしを罠《わな》に嵌《は》めようとしてるんじゃないでしょうね」

「それ、どういう意味なんでえ？」

「わたしに柴と殺しの依頼人の二人を殺《や》らせて、刑務所《ムショ》送りにする気なんではないかという意味ですよ。組長《オヤジ》が死んで代貸のわたしが無期懲役《ナガムシしょ》背負うことになったら、小松組は解散せざるを得なくなります」

「そいつは被害妄想《もうそう》ってやつだ。おれが小松組を解散に追い込んでも、何もメリットなんかねえぞ。むしろ、デメリットにならあ。車代もせびれなくなっちまうだろうが。おれが職務で点数稼ぎしたことが一度だってあるかい？」

「それはないと思います」

「だったら、妙な疑いは棄《す》てろや」

「わかりました。旦那を信じることにします」

中谷が穏《おだ》やかな顔つきになった。猜疑心《さいぎしん》が消えたのだろう。

「柴を取っ捕まえたら、三千万出してくれるな？」

「旦那、それはちょっと吹っかけすぎでしょうが。相手は破門された元組員なんですよ」

「けど、柴は小松を金属バットで撲殺した実行犯のひとりなんだぜ。とことん痛めつけりゃ、小松を始末してくれって頼んだ人物もわかるだろう。三千万出すだけの価値はあるんじゃねえのか？」

「柴って奴の口を割らせて、旦那が殺しの依頼人を葬ってくれるんでしたら、三千万のお礼を用意しますよ」

「刑事のおれに殺しをやれってのか⁉」

百面鬼は、ことさら驚いてみせた。

中谷は、小松に頼まれて港仁会の進藤を射殺したことを知っているのか。だから、柴の背後にいる人物を始末してくれと言ったのだろうか。

小松は割に用心深い性格だった。たとえ代貸でも、百面鬼に進藤殺しを依頼したことは洩《も》らさなかったと思われる。もちろん、二度目の妻の有希にも喋っていないはずだ。

「どうです？」

「なんでおれに殺しをさせる気になったんだい？」

「旦那は人殺しに馴《な》れてるような気がしたんですよ。五人、いや、もう十人は殺《や》ってるんじゃありませんか。どうなんです？」

「冗談じゃねえ。おれは寺の倅《せがれ》だぜ。殺生《せっしょう》なんかするかよ」

「ひとりも殺《や》ったことはない？」

「当たり前だろうが。けど、三千万は魅力のある額だ。この際《さい》、殺しも請け負っちまうか。着手金、どのくらい出せる？」

「組長《オヤジ》の告別式が終わったら、一千万の着手金を用意しましょう」

「そうかい。そういうことなら、柴を動かした人物もシュートしてやらあ」

「拳銃《ドウグ》はどうします？　必要でしたら、わたしが用意してもかまいませんが」

中谷が言った。

「それは、おれが自分で調達すらあ。まさかチーフズ・スペシャルを使うわけにはいかねえからな」

「そうですね。それでは明後日の夕方六時に組事務所に来てもらえますか？　そのとき、着手金をお渡しします」

「オーケー、わかった。ところで、今後、小松組の舵取《かじと》りはそっちがやるのか？」

「姐《あね》さんのお許しがあれば、わたしが小松組を預からせてもらいたいと考えてます。もっとも義友会の理事会の承認を得られるかどうかわかりませんけどね。わたしよりも年上の組員が何人かいますから、理事の方々は難色を示すかもしれません」

「しかし、未亡人がそっちを強く推《お》せば、理事たちも反対はしねえだろう」

「さあ、どうなりますかね。わたしが新組長になれたら、全力を尽くします。もちろん組の名を中谷組に変えてもらうなんてことは、これっぽっちも考えてません。小松の組長《オヤジ》には実の弟のように目をかけてもらいましたんで、恩返しのつもりで身を粉《こ》にして働くつもりです」

「泣かせる話じゃねえか。せいぜい頑張ってくれや。それじゃ、明日の夕方、また会おう」

百面鬼は深々としたレザーソファから立ち上がり、応接間を出た。玄関先には葬儀社の若い男が立っていた。

「ご苦労さん！」

百面鬼は男を犒《ねぎら》って、ポーチに出た。

そのとき、門の近くで人影が動いた。百面鬼は目を凝《こ》らした。やくざっぽい風体《ふうてい》の男が邸内の様子をうかがっていた。

小松を始末させた人物に命じられて、組員の動きを探《さぐ》りに来たのかもしれない。

百面鬼はポーチの石段を勢いよく駆け降りた。

すると、怪しい男が急に走りだした。百面鬼は道路に飛び出し、不審者を追った。

男は脇道に走り入ると、すぐにまた道を曲がった。路地から路地をたどり、次第に遠ざ

喪服を着ていた。

白い項《うなじ》が眩《まばゆ》かった。経《きょう》を読みながら、百面鬼は烈《はげ》しい性衝動《リビドー》に駆られた。読経が終わったとき、目に涙を溜めた未亡人が抱きついてきた。百面鬼は押し倒され、唇を吸われた。

およそ現実感がなかった。白日夢《はくじつむ》とさえ思えた。

未亡人は百面鬼の法衣を脱がせると、自分もいったん喪服を解いた。すぐに彼女は雪のように白い裸身に喪服をまとい、百面鬼の股《また》の間にうずくまった。

百面鬼は猛《たけ》った分身をしごかれ、狂おしげなフェラチオを施《ほどこ》された。ペニスは一段と膨れ上がった。痛いほどだった。

若い未亡人はそれを見届けると、獣の姿勢をとった。すぐに喪服の裾を撥《は》ね上げ、赤く輝く合わせ目を二本の指で押し拡《ひろ》げた。くぼんだ部分は潤《うる》みで光っていた。

百面鬼は未亡人の背後に両膝を落とし、硬いペニスを襞《ひだ》の奥に突き入れた。

「夫は、このわたしを置き去りにして勝手に死んでしまったの。そんな男のことは早く忘れたいのよ。わたしの生き方を変えさせてちょうだい」

未亡人はそう口走ると、尻《しり》をくねらせはじめた。百面鬼は煽《あお》られ、がむしゃらに突きまくった。そして、呆気《あっけ》なく果ててしまった。

未亡人は失望した様子だったが、口で百面鬼の分身を清めてくれた。百面鬼は無言で袈《け》裟《さ》をまとい、表に飛び出した。

性の悦《よろこ》びを知った彼は、半月後に未亡人宅を訪れた。だが、家は引き払われていた。未亡人の転居先をなんとか突きとめたかったが、ついにわからなかった。

急に女が欲しくなった。ここで、小松の女房を姦《や》ってしまおう。

百面鬼は読経が終わると、斜め後ろに控えていた有希を畳の上に押し倒した。

「な、なにをするんです⁉ やめてくださいっ」

有希が全身で抗《あらが》った。

「あんたのファッショングラス、一〇〇五号室に戻しておくか。それから、小松組の若衆たちにあんたが代貸の中谷と不倫関係にあったことを教えてやってもいいな」

「卑劣《ひれつ》だわ、こんなやり方」

「その通りだな。けど、おれは無性《むしょう》にあんたが抱きたくなっちまったんだ。運が悪かったと、諦めてくれや」

「夫の遺骨の前で、いくらなんでも……」

「気にすることはねえさ。死人にゃ何も見えねえんだ。それに、小松はずっと愛人の面倒を見てたんだぜ。なにも操《みさお》を守り通すことはねえだろうが」

「でも、わたしは中谷さんを愛してたんです。だから、やめてください」

「おれがホテルの出来事を組員たちに話したら、ほとんどの奴はあんたが殺し屋を手引きしたと思うんじゃねえかな」

「そんなふうには誰も思わないはずです」

「なら、みんなに今夜の一件を話してもいいんだな？」

「やめてください」

「困るよな、やっぱり」

百面鬼は言った。有希は返事の代わりに全身の力を抜いた。

「やっとその気になってくれたか」

「別の部屋に行きましょ。ここでは、わたし、いやです」

「おれは、こういうシチュエーション、気に入ってるんだ。あんたも異常に興奮すると思うがな。大人同士なんだから、せいぜい愉《たの》しもうや」

百面鬼は言って、スカートの中に手を潜《もぐ》り込ませた。

有希が溜息《ためいき》をつき、瞼《まぶた》を閉じた。観念したのだろう。百面鬼はサングラスを畳の上に投げ落とし、有希と胸を重ねた。

張りのある二つの乳房が弾んだ。百面鬼は有希の唇をついばみはじめた。

第四章　見えない標的

1

目の前で信号が赤に変わった。

百面鬼は舌打ちして、覆面パトカーのブレーキを踏みつけた。有希を強引に抱いた翌日の午後四時数分前である。

百面鬼は高円寺をめざしていた。小松の愛人宅を訪ねるところだ。すでに杉並区内に入っている。

有希は抱き心地がよかった。百面鬼は前夜のことを思い出し、にたついた。

有希はスーツとランジェリーを剝《は》ぎ取られても、身を強張《こわば》らせつづけた。歯をきつく合わせ、百面鬼の舌も迎え入れなかった。

だが、じきに彼女の官能に火が点いた。乳首を交互に吸いつけると、切なげに喘《あえ》ぎはじめた。フィンガーテクニックを駆使《くし》しはじめたとたん、有希ははっきりと反応した。

陰核《クリトリス》は木の芽のように硬く張りつめ、フリルの部分は肥厚《ひこう》して火照《ほて》っていた。笑み割《え》れた合わせ目は、あふれた愛液でぬめっていた。

百面鬼は有希の右手を取り、ペニスに導いた。有希は積極的に刺激を加えてきた。百面鬼は一段とそそり立った。

正常位で体を繋いだ。有希の器《うつわ》は蛇腹状《じゃばらじょう》になっていた。名器と呼んでも差し支えないだろう。

百面鬼はワイルドに動きはじめた。有希はなまめかしく呻きながら、リズムを合わせた。百面鬼は幾度も爆《は》ぜそうになった。しかし、なかなか射精できなかった。

体を離し、有希の秘めやかな場所に顔を埋めた。舌を閃《ひらめ》かせると、ほどなく有希は高波に呑《の》まれた。裸身は何度も縮こまった。愉悦の声はセクシーだった。

しかし、いつの間にか、百面鬼の分身はうなだれていた。それに気づいた有希はペニスに唇を被《かぶ》せ、熱心に舌を使った。それでも、百面鬼は昂《たか》まらなかった。

有希は困惑顔になった。百面鬼は自分の性的フェティシズムを明かした。すると、有希は黙って仏間を出ていった。戻ったときは素肌に喪服をまとっていた。

美しかった。淫《みだ》らでもあった。

百面鬼は反射的に猛《たけ》った。有希を畳の上に這《は》わせ、後ろから分け入った。

喪服プレイは初めてだったようで、有希は乱れに乱れた。彼女は不倫相手だった中谷に詫《わ》びながら、狂ったように腰をくねらせた。

やがて、二人はほぼ同時にゴールに達した。有希は悦楽《えつらく》の唸り声を長く響かせた。

そのうち、また有希と寝たいものだ。

百面鬼は顎《あご》を撫《な》で回した。

そのとき、信号が青になった。百面鬼は、ふたたびクラウンを走らせはじめた。

数百メートル進むと、麻の白いジャケットの内ポケットで刑事用携帯電話《ポリスモード》が着信音を発した。ポリスモードを耳に当てる。

「おい、もう知ってるよな?」

本庁の郷刑事がのっけに言った。

「なんの話なんだ?」

「まだ知らないようだな。柴道夫が口を封じられたぜ」

「なんだって⁉」

「茨城《いばらき》の大洗《おおあらい》海岸近くの消波ブロックの間に柴の水死体が引っかかってたんだ。釣り人が正午過ぎに発見したらしいよ。柴は全身を細い針金でぐるぐる巻きにされてたそうだぜ。おそらく生きたまま、堤防か船の上から海に投げ落とされたんだろうな」

「そうなのかもしれねえ。柴たちに小松を始末させた人物はてめえに捜査の手が伸びてくるのを恐れて、早目に実行犯を葬《ほうむ》る気になったんだろう」

「百面鬼、これで黒幕を突きとめる手がかりがなくなったことになるな」

「いや、別の緒《いとぐち》を摑《つか》めるかもしれねえんだ」

「そうなのか。それじゃ、おれはもう小遣い稼げなくなったわけだ」

「郷、ぼやくなって。ちゃんと内職させてやらあ。茨城県警に知り合いがいたら、柴殺しの捜査情報を集めてくれねえか」

「親しくしてる刑事が何人かいるよ。早速、動こう」

「よろしくな」

「肝心の謝礼のことなんだが……」

「情報の内容によって、おれが適当に額を決める。それでいいだろう？」

「最低五、六万は保証してくれよな。おれも職務をそっちのけにして、内職に励むわけだからさ」

「そのへんは心得てらあ。いつも銭のことを言ってると、お里が知れるぜ」

「おれは貧しい畳職人の倅《せがれ》だから、気取る気はないよ。欲を剝《む》き出しにして、本音で生きてやる」

「この野郎、開き直りやがって。けど、建前で生きてる偽善者よりはずっと増しだよ。いい情報《ネタ》を摑んだら、すぐ連絡くれや」

百面鬼は通話を打ち切り、ポリスモードを懐に戻した。運転に専念する。

十分ほど車を走らせると、右手に『高円寺レジデンシャルコート』が見えてきた。

小松の愛人だった保科瑠衣が住んでいるマンションだ。八階建てだった。

マンションの少し先に、見覚えのある薄茶のサーブが停まっていた。百面鬼はナンバープレートを見た。やはり、相棒のスウェーデン車だった。

見城は長いことオフブラックのローバー八二七ＳＬｉに乗っていたが、ＢＭＷそしてサーブに買い換えたのである。昨秋に最愛の女に死なれてしまったので、気分転換したかったのだろう。

百面鬼はサーブの真後ろに覆面パトカーを停めた。見城が百面鬼に気づき、すぐに自分の車から出てきた。

百面鬼はクラウンの助手席のドア・ロックを解《と》いた。シナモンブラウンのサマージャケットを着た見城が助手席に乗り込んできた。

「百《どう》さんが、なんでこの場所に来たんだい？」

「このマンションの七〇七号室に住んでる元看護師から何か手がかりを得られるかもしれねえと思って、高円寺に来たわけよ」

「その元看護師というのは、保科瑠衣のことだね」

「見城ちゃん、どうして瑠衣のことを知ってんだい⁉　そうか、例の死体泥棒の事件に瑠衣が関与してる疑いがあるんだな」

「そうなんだ」

「こいつは驚いたな。おれたちは別々の事件を追ってたのに、ここでクロスしたわけだ。瑠衣って女は、小松組長の愛人《レコ》だったんだよ」

　百面鬼は言った。

「そこまでは知らなかったな。しかし、色気のある美人だから、世話したがる中高年の男は何人もいるだろうなとは思ってたよ」

「見城ちゃん、瑠衣の顔写真は？」

「持ってる」

　見城が上着の内ポケットから一葉《いちよう》のカラー写真を抓《つま》み出した。

　百面鬼は写真を受け取った。瑠衣は確かに美しかった。卵形で、造作の一つひとつが整っている。

それでいて、取り澄ました印象は与えない。色っぽかった。ことに、やや肉厚な唇がセクシーだ。

「いい女じゃねえか。小松が面倒見たがったはずだぜ。おれだって、機会があったら、ハメてみてえと思っちまうもんな」

「好きだな、百《どう》さんは」

「女たらしの見城ちゃんほどじゃねえけどな」

「おれの場合は好色というんじゃなくて、女たちを愛《いと》しいと思ってるんだ」

「きれいごとを言うなって。なんだかんだ言ってても、結局は女たちとハメハメしてんだからさ」

「百《どう》さん、もう少し品のある言い方しなよ。それじゃ、教養を疑われるぜ」

「おれ、教養ねえもん。大学だって、裏口入学だったしな」

「こういう遣《や》り取《と》り、もう何十回もやったよな？」

「そういえば、そうだな。話を元に戻すぜ。若死にした女の死体が八体も盗み出されたのは、四谷にある博愛会《はくあいかい》総合病院だったよな？」

「そう。内科、外科、整形外科、心臓外科、形成外科、皮膚科、眼科、口腔《こうくう》外科、精神

科、泌尿器《ひにょうき》科、産婦人科、肛門科のある大きな私立病院だよ。保科瑠衣は二年前まで心臓外科のナースをしてたんだ」

「盗まれた八体は、心臓外科の入院患者だったのかい？」

「五体はそうだが、三体は内科の入院患者だったんだ」

「そうか。瑠衣が死体泥棒を手引きしたかもしれねえと思ったのは？」

「若い女たちの死体が盗まれた日の前日か当日、瑠衣はきまって昔の職場を訪ねてるんだ。かつてのナース仲間や女医にコンサートや映画のチケットを配ってるんだが、死体安置所の周辺をうろついてたというんだよ」

　見城が言った。

「下見してたんじゃねえのか」

「おそらく、そうなんだろう。それから彼女は死んだ患者の身内を装って、病院に出入りしてる葬儀社に電話をかけ、遺体を運び出す時刻を聞き出してたんだ」

「マスコミの報道によると、葬儀社の社員や医療廃棄物処理業者に化けた奴らが若い女の死体をかっぱらったんじゃなかったっけ？」

「そうなんだ。瑠衣を怪しんだのは、不審な行動のほかに実兄の保科浩和《ひろかず》が高級ダイニングバーの経営に失敗して、一億数千万円の借金を抱えてる事実が浮かび上がってきたからなんだよ」

「保科浩和は、いくつなんだい？」

「瑠衣より八つ上だから、三十四歳だな。保科は大学を中退後、ホストで小金《こがね》を溜《た》めて、西麻布に飲食店の経営に乗り出したんだ。ラーメン屋とパスタ屋が軌道《きどう》に乗ったんで、西麻布に洒落《しゃれ》たダイニングバーを開いたんだよ。二年半ほど前にね」

「けど、商売はうまくいかなかった。そんなことで、多額の借金を背負っちまったわけだな？」

「そう。足りない開業資金はメガバンクと信用金庫から借りたんだが、運転資金は消費者金融から引っ張ったんだよ。さらに月々の赤字分を補うため、商工ローンや高利の街金《まちきん》からも借金してた」

「そりゃ大変だ」

「保科兄妹《きょうだい》はものすごく仲がいいんだ。瑠衣が高一のとき、両親が交通事故で死んでしまったんだよ。それ以来、兄と妹は支《ささ》え合いながら、健気《けなげ》に生きてきたんだろうね」

「だから、瑠衣は兄貴の借金を少しでも減らそうと考え、死体泥棒の手助けをしたんじゃねえかってわけかい？」

「ああ。どうやら百《どう》さんとおれは、同じ敵を闇《やみ》の奥から引きずり出そうとしてるらしいな。この際《さい》、共同戦線を張らないか？」

「いいだろう」

百面鬼は、瑠衣の写真を見城に返した。

「いま瑠衣は自分の部屋にいる。彼女が誰かと接触するのを辛抱強く待つ気だったんだよ」

「見城ちゃんらしくねえな。以前のように甘いマスクで相手の気を惹《ひ》いて、高度なセックス・テクニックで甘い拷問《ごうもん》にかけりゃ、瑠衣って女は何もかも白状するだろうが」

「いずれ、その手も使うことになるだろう。しかし、もう少し瑠衣の動きを探《さぐ》ってみたいんだ」

「まどろっこしいが、そっちがそうしてえんだったら、別におれは反対しねえよ」

「話は決まった。瑠衣が外出したら、リレー尾行しよう」

「オーケー、わかったよ」

「パトロンの小松が殺されたわけだから、瑠衣もこのマンションにいつまでもいられなくなるだろう。そのうちワンルームマンションにでも引っ越して、どこかの病院に勤める気なんじゃないか」

「だろうな。そうだ、小松を殺《や》ったと思われる柴って奴が正午過ぎに茨城の大洗海岸で水

「死体で見つかったってよ」

「そう」

「見城ちゃん、本庁の郷のことを憶えてるかい？　一度、奴を交えて三人で酒を飲んだことがあるんだが……」

「憶えてるよ。百さんと警察学校で同期だったよね？」

「ああ。実はさ、郷に柴の事件の捜査情報を集めてもらってるんだ。その線からも何か手がかりが得られるといいんだがな」

「そうだね。瑠衣が出てきたら、先におれが張りつくよ」

「見城がクラウンを降り、自分のサーブの運転席に入った。

 有希はどうしているだろうか。

 百面鬼は小松の自宅に電話をかけた。十数回めのコールサインで、ようやく有希が電話口に出た。

「おれだよ。なんか取り込んでるみてえだな」

「葬儀社の方と打ち合わせをしてたんです。中谷さんの弔いをここでやることにしたの」

「よっぽど中谷が好きだったんだな。けど、女の体は正直だ。たっぷりクンニされりゃ、心とは裏腹に快感を覚えちまう。あんた、いい声で泣いてたよ」

「きのうのことは言わないで。わたし、どうかしてたんです」

「そりゃないぜ。喪服の下で、あんなに身悶《みもだ》えてたじゃねえか。おれも、いい思いをさせてもらったよ。あんたのあれは名器だ。小松は、ばかだぜ。すぐ近くに宝物があるのに、若い愛人にうつつを抜かしたりしてよ」

「そういう話はやめて」

「怒ったのか？」

百面鬼は訊《き》いた。

「ご用件をおっしゃってください」

「声が硬《かて》えな。やっぱり、怒ってんだ？」

「来客中ですので、手短にお願いします」

「いいだろう。そっちが当分、組長代行を務《つと》めるんだな？」

「そうなると思います」

「女がトップに立つと、組員たちに睨《にら》みが利かなくなるもんだ。けど、おれがあんたの後見人になれば、不平や不満を口にする奴はいなくなるだろう」

「それ、どういう意味なんですか？」

「おれたちは、もう他人じゃねえんだ。これからも、いいつき合いをしようや。といっても、あんたを縛る気はねえ。気が向いたときに喪服プレイにつき合ってくれりゃいいんだ」

「お断りします。さっきも言ったように、昨夜《ゆうべ》のわたしは中谷さんが目の前で撃ち殺されたことでショックを受けて、自分を見失ってたんです」

「あんなに気持ちよさそうによがってたのに、どうしたってんだよ？　おれは神経がラフだから、きっと女心を傷つけちまったんだな。だったら、いくらでも謝《あやま》らあ」

「もうわたしにまとわりつかないで。迷惑なんです。ホテルの部屋にファッショングラスを置き忘れたこと、所轄署に話しても結構ですよ。小松はもう亡くなってるんです。中谷さんとの関係を組の者に知られたって、別にかまいません。言い触らしたいんだったら、どうぞお好きなように」

「そこまでむくれることはねえだろうが。おれは、あんたが気に入ってるんだ。そっちが厭《いや》がることはやらねえよ」

「だったら、二度とわたしの前に現われないで。わたし、女を力ずくでものにするような男は嫌いなの。軽蔑《けいべつ》さえしてるんです」

有希が言い放ち、乱暴に受話器を置いた。

女はわからない。

百面鬼は私物の携帯電話を上着の内ポケットに戻し、葉煙草《シガリロ》に火を点けた。ちょうど一服し終えたとき、『高円寺レジデンシャルコート』の駐車場から水色のシトロエンが走り出てきた。

ステアリングを握っているのは、保科瑠衣だった。見城の車がシトロエンを追尾《ついび》しはじめた。百面鬼はゆっくりとサーブの後に従った。

水色のフランス車は青梅《おうめ》街道に入ると、新宿方向に進んだ。成子坂下《なるこざかした》を右折し、今度は十二社《じゅうにそう》通りに入った。サーブが減速した。百面鬼は見城の車を追い抜き、瑠衣のシトロエンの数台後ろに割り込んだ。

瑠衣が尾行を覚《さと》った様子はうかがえない。シトロエンは新宿中央公園の裏を低速で進み、ほどなく公園の南端に寄せられた。

百面鬼はシトロエンの三十メートルほど後方に車を停めた。見城の車は、クラウンの十数メートル後ろに停止した。

瑠衣がシトロエンから降りた。両手に膨らんだ手提《てさ》げ袋を持っていた。

百面鬼と見城は相前後して、おのおの車から出た。瑠衣は新宿ニューシティホテルの斜め前あたりから、新宿中央公園に入った。淀橋給水所のある南側の公園だ。

百面鬼は見城と前後になりながら、瑠衣の後を追った。

瑠衣は遊歩道をたどり、噴水池の脇《わき》を抜けた。その先の樹木の向こうには、段ボール小屋が点々と散っている。路上生活者《ホームレス》たちの塒《ねぐら》だ。

瑠衣は何かボランティア活動をしているのだろうか。

百面鬼は歩《ほ》を運びながら、胸底《きょうてい》で呟《つぶや》いた。

瑠衣は中ほどの段ボールハウスの横で立ち止まり、園内に住みついている男たちに呼びかけた。段ボール小屋の中から数人の中年男が姿を見せた。車座になって安酒を呷《あお》っていた年配の男たちも、瑠衣の周辺に集まった。

瑠衣は手提げ袋の中から菓子パンやサンドイッチを取り出し、ひとりひとりに手渡した。食べ物を恵まれた男たちは口々に礼を述べた。両手を合わせる者もいた。

「個人でホームレスたちの世話をしてるみたいだな」

見城が小声で言った。

「そんな心優しい女が死体泥棒の手助けをしたのかね。見城ちゃん、的外《まとはず》れな推測をしたんじゃねえのか」

「いや、彼女は怪しいよ」

「そうかな」

百面鬼は口を結んだ。

そのとき、瑠衣が初老の男に膨らんだままの手提げ袋を手渡した。白髪の目立つ男は何か言いながら、手提げ袋の中身を引っ張り出した。黒っぽい背広と灰色の作業服だった。

「瑠衣は食べ物を与えてるホームレスたちを葬儀社や医療廃棄物処理会社の従業員に化けさせて、病院から若い女の遺体を盗み出させてたのかもしれないな」

見城が低く言った。

「なるほどな。そう考えりゃ、美人の元看護師がここに来た理由がわかる。警察手帳《パス》を使って、あの女の身柄《ガラ》を押さえてもいいぜ」

「もう少し泳がせよう。これから、誰かと接触するかもしれないからさ」

「そうだな。わかった、そうしようや」

百面鬼は同意した。

瑠衣は宿なしたちと十分ほど雑談を交わすと、段ボールハウスに背を向けた。急ぎ足で公園を出て、水色のシトロエンに乗り込んだ。

百面鬼と見城は、それぞれの車に飛び乗った。シトロエンは来た道を引き返し、そのまま『高円寺レジデンシャルコート』の駐車場の中に消えた。

百面鬼はマンションの真横に覆面パトカーを停め、見城の携帯電話を鳴らした。

「どうする？」

「瑠衣の部屋に誰か訪ねてくるかもしれないから、もう少し待とう」

「それで?」

「午後十一時になったら、七〇七号室に押し入ろう」

見城が答えた。百面鬼は電話を切り、背凭《せもた》れに上体を預けた。

2

シリンダー錠が外れた。

百面鬼は鍵穴《かぎあな》からピッキング道具を引き抜いた。

『高円寺レジデンシャルコート』の七〇七号室だ。午後十一時を数分回っていた。

「おれが先に入るよ」

見城が声を潜めて言い、ドアを静かに開けた。

玄関ホールは暗かったが、部屋の奥は明るい。見城が室内に入って、靴を脱ぐ。百面鬼も倣《なら》った。

二人は忍び足で廊下を進み、居間に入った。

照明が灯《とも》っていたが、瑠衣の姿は見当たらない。間取りは2LDKだった。

見城が右側にある寝室を覗《のぞ》き込み、すぐに首を横に振った。

百面鬼はリビングの左手にある八畳の和室の襖《ふすま》を開けた。無人だった。

「風呂に入ってるんだろう」

見城が小声で言って、浴室に向かった。

百面鬼はリビングソファに腰かけ、グロック17をベルトの下から引き抜いた。そのとき、洗面所兼脱衣室で女の悲鳴がした。見城が部屋の主の腕かどこかを摑んだのだろう。

百面鬼は動かなかった。

見城が純白のバスローブを羽織《はお》った瑠衣の片腕を捉《とら》えながら、居間に戻ってきた。瑠衣は化粧を落としていたが、それでも綺麗《きれい》だった。濡れた洗い髪も美しい。

「あなたたち、押し込み強盗なのね」

「おれは殺し屋さ」

百面鬼は言って、瑠衣にオーストリア製の拳銃《けんじゅう》の銃口を向けた。

「それ、モデルガンなんでしょ？」

「小松組の組長の愛人だったのに、これが真正銃《マブチャカ》だってこともわからねえのか。この拳銃は、あんたのパトロンから預かったもんなんだ」

「あなたたち、小松組の人たちなの？」

「おれたちはヤー公じゃない。おれは一応、公務員だよ。相棒は私立探偵さ」

「私立探偵ですって⁉」

「そうだ」

「わかったわ。小松のパパの奥さんに頼まれて、わたしに引導《いんどう》を渡しにきたのね。わたし、奥さんに手切れ金を出してくれなんて言うつもりはないし、この部屋も今月中には引き払うことにしたの。小松のパパに買ってもらったシトロエンも返すわ」

「おれたちは小松の女房に頼まれて、ここに来たんじゃない。それから、あんたを殺しに来たわけでもねえんだ」

「目的は何なの？」

瑠衣がかたわらの見城に顔を向けた。

「きみの秘密を知りたいのさ」

「秘密って何なの？　わたし、パパの事件には無関係よ。小松のパパとはお金で繋がってたわけだけど、喧嘩《けんか》は一度もしたことがないの。パパはやくざだったけど、わたしにはとっても優しかったわ」

「おれが知りたいのは、この半年の間に八件も起こった死体消失事件のことだよ。博愛会総合病院から若死にした女性の死体が相次《あいつ》いで盗まれた事件の真相を探《さぐ》ってるんだ」

見城が急にバスローブのベルトをほどき、瑠衣を裸にした。一瞬の出来事だった。

瑠衣は足許に落ちたバスローブを見つめ、茫然《ぼうぜん》としていた。パンティーは穿《は》いていなかった。

熟《う》れた肉体は均斉《きんせい》がとれている。豊かなバストは砲弾に近い形だった。ウエストが細く、腰は張っていた。逆三角に繁った飾り毛は、ほどよい量だった。むっちりとした太腿《ふともも》が男の欲望をそそる。

「きみが二年前まで博愛会総合病院の心臓外科でナースをやってたことは調査済みなんだ」

見城が穏《おだ》やかに言った。

「だから、なんだと言うの？」

「八つの死体が盗まれた日の前日か当日、きみがかつての職場を訪ねたこともわかってる」

「愛人生活って、案外、退屈なのよ。時間を持て余してたんで、昔のナース仲間や女医さんとこに遊びに行ってたの」

「おれは、きみが死体の盗み出しを手伝ったと睨《にら》んでる」

「何を言ってるの!?　とんでもない言いがかりだわ」

瑠衣が憤然《ふんぜん》と言った。

「言いがかりかな。きみは事前に若死にした入院患者の身内の振りして葬儀社に電話をかけ、遺体の引き取り時刻を探《さぐ》り出してる。また医療廃棄物処理業者からも、使用済みの注射針やアンプルの回収時間を聞き出したよなっ」

「わたし、そんなことしてないわ」

「粘《ねば》るね。夕方、きみは新宿中央公園に行って、ホームレスたちに菓子パンやサンドイッチを配った。そして、白髪《しらが》の目立つ初老の男に黒っぽい背広や作業服の詰まった手提げ袋を渡した」

「わたし、きょうは一度も外出してないわ」

「それは嘘《うそ》だ。おれたちは、きみのシトロエンを尾行してたんだよ。ホームレスの男たちを葬儀社や医療廃棄物処理会社の従業員に仕立てて、きみが死体安置所から八つの遺体を盗み出させたんだろう？」

「ばかばかしくて、怒る気にもなれないわ」

「顔が引き攣《つ》ってるぜ」

「怒りのせいよ。いつまでこんな恰好《かっこう》をさせておくつもりなのっ。バスローブ、着るわよ。いいでしょ？」

「おい、素直になれや」

百面鬼は言って、ふたたび銃口を瑠衣に向けた。

「あなたたち、わたしをレイプする気なのねっ。そうなんでしょ？」

「あんたはセクシーな美女だが、おれたちは高校生じゃねえ。輪姦《マワシ》なんかやるかよ」

「だったら、バスローブを着させてよ」

「それは駄目だ。素っ裸にしておかねえと、逃《フケ》げられるかもしれねえからな」

「逃げたりしないわ」

「人間は誰も素っ裸で生まれてきたんだ。何も恥ずかしがることはねえだろうが。あんまりうるせえこと言ってると、あんたの下の口に銃身を突っ込んじまうぞ。小松のピストルより硬《かて》えから、ちょいと痛いだろうよ」

「そんなことやめて！」

瑠衣が怯《おび》えた顔つきになった。百面鬼は目顔《めがお》で見城を促《うなが》した。見城が瑠衣に話しかける。

「おれは、きみの兄貴の保科浩和のことも調べ上げた。兄貴はダイニングバーを潰《つぶ》して、一億数千万の借金を抱えてる。メガバンク、地銀、信金、街金《まちきん》の利払いもできないんで、ビジネスホテルやカプセルホテルを転々としてるんだよな？」

「…………」

「急成長中の商工ローン会社の『東都《とうと》ファイナンス』には、まだ五千万円の債務がある。保証人不要を売りものにしてる会社だが、連中の取り立ては厳しかったんだろうな。きみたち兄妹が支え合って生きてきたこともわかってる」

「…………」

「実兄が多額の借金を抱えて苦しんでる姿を見るのは、さぞや辛《つら》かったろう。で、きみは昔の職場から若い女性の死体を盗み出した。きみにそれをやらせたのは、免許を失った元ドクターか臓器ブローカーなんだろう。あるいは、死体ビジネスをやってる外国の会社なのかもしれないな」

「兄がダイニングバーの経営に失敗して、大きな負債を背負ったことは事実よ。だけど、わたしは死体泥棒なんかやってないわ」

瑠衣が叫ぶように言った。見城が苦く笑った。

「いつもの手を使おうや」

百面鬼は見城に言って、すっくと立ち上がった。無言で瑠衣を寝室に引きずり込んだ。

「やっぱり、わたしを犯す気なんじゃないのっ。いや、やめて！」

瑠衣が喚《わめ》きながら、しゃがみ込んだ。

百面鬼は拳銃をベルトの下に差し込み、瑠衣を抱き起こした。

瑠衣が身を捩《よじ》って、手脚《てあし》をばたつかせた。しかし、所詮《しょせん》は女の力である。百面鬼はダブルベッドの上に瑠衣を仰向けに寝かせ、グロック17の銃口を彼女の脇腹に押し当てた。

さすがに恐怖と不安に襲われたらしく、瑠衣はおとなしくなった。見城がベッドに浅く腰かけ、瑠衣に笑顔を向けた。

「ナイスバディだね。男を蕩《とろ》かしそうな柔肌だ」

「ひとりだけにして」

「え？」

「輪姦は絶対にいや！　あなたとなら、セックスしてもいいわ」

「きみは何か勘違いしてるな。おれたちは暴行魔じゃない。きみを姦《や》ったりしないよ」

「なのに、どうして寝室にわたしを連れ込んだの？」

瑠衣が訝《いぶか》しげに訊いた。

「おれは、きみの怯《おび》えを取り除いてやりたいんだよ」

「よく話が呑《の》み込めないわ」

「黙って！　瞼《まぶた》を閉じて、リラックスするんだ」

見城が恋人をなだめるような口調で言い、右手の人差し指で瑠衣の頬《ほお》から顎《あご》をフェザータッチで撫《な》でた。左手で耳朶《みみたぶ》を軽く揉《も》み、項《うなじ》に指先を滑らせる。

「セクシーな唇だ。思い切り吸いつけたくなるね」

見城は右手の指で瑠衣の唇をなぞりはじめた。情熱の籠《こも》った手つきだった。

百面鬼はベッドから離れ、相棒の動きを目で追った。

見城は左手の指で瑠衣の肩口や鎖骨《さこつ》の窪みを慈《いつく》しみながら、右手で二つの乳首を優しく抓《つま》んだ。それから彼は、揃《そろ》えた四本の指で乳頭を擦《こす》った。

瑠衣が喉《のど》の奥で呻いた。見城は二つの隆起を交互にまさぐりながら、長く伸ばした舌の先で瑠衣の唇を舐《な》めた。

瑠衣が反射的に見城の唇を求めた。すると、すぐに見城は舌を引っ込めてしまった。同じことが三度繰り返された。

「ね、キスして」

瑠衣がせがんだ。見城はそれを無視して、胸の蕾《つぼみ》を吸いつけた。ほとんど同時に、瑠衣が喘《あえ》ぎはじめた。

見城は左手の中指を瑠衣の口の中に潜《もぐ》らせた。瑠衣が見城の指を粘《ねば》っこくしゃぶりはじめた。見城は右手で瑠衣のウエストのくびれや滑《すべ》らかな下腹を愛《いと》おしげに撫で回した。

次は秘めやかな部分に指を這《は》わせる気らしい。

百面鬼は、そう思った。

だが、予想は裏切られた。見城は恥丘《ピュービック》には一度も指を近づけなかった。太腿《ふともも》から足首まで腕を繰り返し上下させ、内腿を撫でつづけている。

さんざん焦《じ》らされた瑠衣は、もどかしげに腰を迫《せ》り上げた。と、急に見城は瑠衣を俯《うつぶ》せにさせた。形のいいヒップを揉みながら、瑠衣の肩胛骨《けんこうこつ》と背中の窪みに舌を滑らせた。

いつの間にか、見城の右手は桃尻《ももじり》の下に潜り込んでいた。瑠衣が切なげに呻き、こころもちヒップを浮かせた。

百面鬼は屈《かが》み込んだ。見城の五指は忙《せわ》しなく動いていた。瑠衣は陰核《クリトリス》、小陰唇、膣《ちつ》、会陰部《えいんぶ》、肛門の五カ所を同時に愛撫され、身を妖《あや》しく揉んでいる。

プロのギタリストやピアニストでも、あんなふうには五本の指を動かせないだろう。器用な男だ。

百面鬼は後ろに退《さ》がり、壁際《かべぎわ》の寝椅子《カウチ》に腰かけた。喉の渇《かわ》きを覚えたが、寝室を出る気はなかった。

「上手《うま》すぎる、上手すぎるわ。そんなことされたら、わたし……」

瑠衣が上擦《うわず》った声で言い、腰を振りはじめた。それから間もなく、彼女は沸点《ふってん》に達しそうになった。

すると、見城は指の動きを止めた。焦《じ》らしのテクニックだ。見城はクールな表情で、五度も瑠衣をエクスタシー寸前まで煽《あお》った。

「こんなの、残酷だわ。お願いだから、もういかせて！」

瑠衣が羞恥心《しゅうちしん》を忘れ、切迫《せっぱく》した声で哀願した。快感地獄でのたうち回ることに耐えられなくなったのだろう。

「正直に何もかも吐いたら、この世の天国に案内してやろう。ホームレスたちを使って、若い女たちの死体をかっぱらったな？」

「お願い、指を動かして！」

「質問に答えるのが先だ。どうなんだっ」

「兄に頼まれたのよ」

「きみの兄貴は何か死体ビジネスをやりはじめてるのか？」

「違うわ。兄は『東都ファイナンス』の浦辺澄也《うらべすみや》って社長に五千万円の借金を棒引きにしてあげるから、若い女の死体を十体集めてこいって言われたのよ。それで、兄はわたしのとこに相談に来たの」

「きみは兄貴を厳しい取り立てから解放させたかったんで、八つの死体をホームレスの男たちに盗み出させたんだなっ」

「そう、そうよ。死体安置所の合鍵を予《あらかじ》め作っておいたんで、事はスムーズに運んだの」

「盗んだ死体は浦辺に直《じか》に届けたのか？」

「兄が指定された場所まで死体を運んだの。ね、早く指を使って。焦らされつづけたんで、わたし、もう狂いそう」

「いいだろう」

見城が、また高度なフィンガーテクニックで瑠衣の性感を高めはじめた。瑠衣は髪を左右に振りながら、腰を弾ませつづけた。

「浦辺社長は何か死体ビジネスをやってるんだな？」

「わたしはわからないわ。兄なら、そのへんのことは知ってるかもしれないけど」

「兄貴はどこにいる？」

「今夜は新宿東口の近くにあるビジネスホテルに泊まると言ってたわ」

「兄貴に電話して、すぐここに呼んでくれ」

見城は右手を引っ込め、瑠衣のヒップをぴたぴたと叩《たた》いた。

「わたしを騙《だま》したのねっ」

「ま、そういうことになるな。兄貴を呼ばなきゃ、おれの相棒に大事なとこに銃身を突っ込まれることになるぞ」

「汚い奴！」

瑠衣が見城を罵倒《ばとう》し、上体を起こした。

百面鬼はカウチから立ち上がり、ベッドに近づいた。

「おれに手錠《ワッパ》掛けられたくなかったら、すぐ兄貴に電話するんだな」

「あなた、刑事だったの!?」

瑠衣の声は裏返っていた。百面鬼は警察手帳を見せ、ナイトテーブルに目をやった。そこには、瑠衣のスマートフォンが載っていた。

「兄をここに誘《おび》き寄せて、わたしたち兄妹《きょうだい》を一緒に捕まえる気なんじゃないの？」

「疑り深《ぶけ》えな。おれはあんたの兄貴から、『東都ファイナンス』の浦辺がどんな死体ビジネスをしてるのか聞きてえだけだ」

「ほんとに？」

「ああ」

「兄をわたしのマンションに呼べば、わたしたち兄妹がやったことには目をつぶってくれるのね？」

「ああ、見逃してやらあ」

「わかったわ」

瑠衣がスマートフォンを摑み上げ、兄に連絡をとった。

「兄さん、大事な相談があるの。悪いけど、これからわたしのマンションに来て」

「…………」

「ううん、そうじゃないの。パパ絡《がら》みの話じゃないから、安心して。タクシーに乗れば、十数分で来られるわよね？」

「…………」

「絶対に来てよ」

通話が終わった。

「兄貴が来るまで、その姿でいてくれ」

「なぜ、裸じゃなければいけないの？　わたし、逃げたりしないわよ」

「いいから、そのままでいてくれ」

「わかったわ。でも、体を隠してもいいでしょ？」

「ああ」

百面鬼は許可した。瑠衣がタオルケットで裸身を包んだ。

見城が寝室を出て、洗面所に向かった。瑠衣の愛液に塗れた手を洗いに行ったのだろう。

「小松組の代貸をやってた中谷も殺されたのは知ってるな？」

百面鬼は瑠衣に確かめた。

「ええ。小松のパパと中谷さんが殺されたのは、どこかの暴力団と何かで揉めてたからなんでしょ？」

「そうじゃねえだろう。小松組がどこかの組と揉め事起《ゴ》こ《タ》してたって話は耳に入ってねえ。そっちは、小松から組がほかの組織と揉めてたって話を聞いたことがあるのか？」

「ううん、ないわ。なんとなくそうなんじゃないかと思っただけよ」

「そうか。小松は最近、金回りがよかったんだろう？」

「そうね。ブランド物のバッグや腕時計を幾つも買ってくれたりしたから、だいぶリッチだったんだと思うわ」

「小松と中谷は義友会本部には内緒で何か危《ヤバ》い裏仕事をしてたみてえなんだよ。だから、二人は始末されちまったんだろう。裏仕事に何か思い当たらねえか？」

「特に思い当たることはないわ。小松のパパ、組のことやビジネスのことは、ほとんど話さなかったの」

「ここに来るときは、ひたすらベッドの上で励《はげ》んでたわけか？」

「しょっちゅうセックスしてたわけじゃないわ。テレビを観《み》たり、お酒を飲んだりしてたの」

「小松とは、どこで知り合ったんだ？」

「兄の経営してたダイニングバーでよ。わたし、時々、お店を手伝ってたの。パパはわたしのことを気に入ったみたいで、ある日、二カラットのダイヤの指輪をプレゼントしてくれたのよ。そのとき、月七十万で愛人にならないかって、ストレートに言われたの。ナースの仕事は激務なのに、お給料は安いのよね。わたしも少しは贅沢《ぜいたく》したかったんで、パパに面倒見てもらうことにしたわけ」

「そうだったのか」

「だけど、もう甘い生活は終わりね。リースマンションに移って、職探しをはじめなくちゃ」

瑠衣があっけらかんと言った。

そのすぐ後、見城が寝室に戻ってきた。瑠衣がしおらしく見城に話しかけた。

「さっきは悪態《あくたい》をついて、ごめんなさい。焦《じ》らされつづけたんで、つい頭にきちゃったの。それにしても、あなた、スーパーテクニシャンね」

「いや、そこまでは……」

「二枚目だから、もう彼女はいるんだろうけど、わたしをセックスフレンドのひとりにしてくれない？」

「せっかくだが、ノーサンキューだ」

見城が冷ややかに言った。瑠衣が泣き笑いに似た表情を見せ、すぐに下を向いた。寝室に気まずい空気が流れた。

部屋のインターフォンが鳴ったのは、七、八分後だった。

「ここは頼まあ」

百面鬼は見城に言い、玄関に向かった。ドアを開けると、三十三、四歳の男が立っていた。顔立ちは整っていたが、妹とはあまり似ていない。

「保科だな？」

「ええ、そうです。失礼ですが、あなたは？」

「新宿署の者だ」

「えっ」

保科が蒼《あお》ざめた。百面鬼は瑠衣の兄を部屋の中に引きずり込み、グロック17の銃口を腹にめり込ませた。

「若死にした八人の女の死体を博愛会総合病院から盗み出したこと、妹が白状したぜ。

『東都ファイナンス』の浦辺社長に若い女の死体を十体集めりゃ、五千万の借金を棒引きにしてやるって言われたんだってな？」

「そ、それは……」

「もう観念しろや。浦辺がどんな死体ビジネスをやってるのか教えてくれりゃ、おまえら兄妹の犯罪は見なかったことにしてやってもいい」

「ありがたい話ですけど、浦辺社長が八つの死体をどうしたかはわからないんですよ。ぼくは、言われた場所に車で遺体を運んだだけなんでね。嘘じゃありません。どうか信じてください」

「口を大きく開けな」

「どうしてそんなことをさせるんです⁉」

「おれを怒らせてえのかっ」

「いいえ」

保科が震え上がり、口を大きく開けた。百面鬼はグロック17の銃身を保科の口中に突っ込んだ。

保科が喉を軋《きし》ませ、目を白黒させた。

「もう一度、訊くぜ。浦辺はどういう非合法ビジネスをやってるんだ？」

「わ、わかりません」

「声がくぐもってて、聞き取りにくいな。いっそ撃っちまおうか。え？」

百面鬼は威嚇《いかく》した。すぐに保科が胸の前で拝む真似をした。涙ぐんでいた。

この男の話は嘘ではなさそうだ。

百面鬼は銃身を引き抜き、保科を寝室に連れ込んだ。瑠衣が先に声を発した。

「兄さん、ごめんね」

「仕方ないよ。何も着てないようだけど、警察の人たちにレイプされたのか!?」

「ううん、裸にされただけよ。わたしが逃げると思ったみたいね」

「そうだったのか」

保科兄妹は口を噤《つぐ》んだ。百面鬼は瑠衣の兄に声をかけた。

「そっちも素っ裸になって、ベッドに入りな」

「ぼくに何をさせる気なんです!?　まさか妹とセックスしろと言うんじゃないでしょうね？」

「そこまでは強要しねえよ。ちょっと舐めっこさせるだけだ」

「そ、そんなことはできません」

「なら、二人とも留置場行きだな」

「ま、待ってください。シックスナインで舐め合うだけで、セックスそのものはしなくてもいいんですね？」

「そうだ」

「兄さん、何を考えてるの⁉　わたしたちがそんなことしたら……」

瑠衣がうろたえた。

「おまえは逮捕されることになってもいいのか？」

「いやよ」

「だったら、死んだ気になるんだっ」

保科が妹を叱《しか》りつけ、手早く衣服を脱いだ。

瑠衣が百面鬼に顔を向けてきた。

「どうしてわたしたちに無理なことをやらせるの⁉　とても理解できないわ」

「ちょっと保険をかけておきてえんだよ」

「保険？」

「じきにわかるさ」

百面鬼は言って、瑠衣のタオルケットを剝《は》いだ。

保科がベッドに仰向けになり、妹を急《せ》かせた。

「早く逆《さか》さまになれ」

「でも……」

「舐めっこするだけなんだ。迷うんじゃないっ」

「う、うん」

瑠衣が頭を兄と逆方向にし、ゆっくりと跨《また》がった。

保科が瑠衣の腰を引き寄せ、秘部に顔を寄せた。瑠衣も兄のペニスの根元を断続的に握り込みながら、亀頭をくわえた。

百面鬼は見城に合図した。見城が上着のポケットから小型デジタルカメラを取り出し、ダブルベッドに近づいた。

百面鬼は後方に退《さ》がった。

3

デジタルカメラがテレビに接続された。

百面鬼はテレビに目を向けた。見城の自宅兼事務所である。

保科兄妹《きょうだい》を痛めつけた翌日の午後五時過ぎだ。

映像が画面に浮かんだ。四十八、九歳の男が建売り住宅らしい家屋《かおく》の玄関から出てきて、レクサスに乗り込んだ。

「こいつが『東都ファイナンス』の浦辺澄也社長だよ」

見城がテレビの横で言った。

「堅気っぽいな」

「浦辺は四年前までメガバンクの本店融資部にいたんだが、不正融資をして、解雇されたんだ」

「元銀行員か。不正融資したのは『東都ファイナンス』だったのかい？」

「いや、そうじゃないんだ。浦辺が不正融資したのは、名古屋の海洋土木会社《マリコン》だよ。その会社は、愛知県全域を縄張りにしてる中京会《ちゆうきよう》の企業舎弟《フロント》なんだ。ついでに言うと、浦辺は名古屋出身なんだよ」

「そんなことで、中京会の企業舎弟《フロント》に取り込まれて、不正融資を強《し》いられたんだな？」

「そうなんだ。おそらく浦辺はセックス・スキャンダルの主役に仕立てられて、手を汚さざるを得なくなったんだろう」

「そうにちげえねえよ。浦辺は勤めてたメガバンクから刑事告発されたのかい？」

百面鬼は問いかけ、葉煙草《シガリロ》に火を点けた。

「いや、刑事告発はされてない。銀行は体面を気にしたんだろうね。それから、浦辺を告発したら、中京会に何か仕返しをされるかもしれないとも考えたんじゃないかな」

「そうなのかもしれねえ。『東都ファイナンス』の会社登記簿も閲覧《えつらん》してくれた？」

「ああ。『東都ファイナンス』が設立されたのは八年前なんだが、最初の代表取締役は一《いち》木茂三郎《きもさぶろう》って石油商だった。その後、米田《よねだ》カネという貸しビル業者が経営権を譲り受けて、三年七カ月前に浦辺澄也が代表取締役に就任してる」

「『東都ファイナンス』の社員数は？」

「二百十三人だよ。本社ビルは中央区日本橋にあるんだ」

「自社ビルかい？」

「そう。年商は百七、八十億円だね」

「元銀行マンの浦辺が個人で会社の経営権を手に入れられるわけねえ。浦辺はダミーの社長で、経営権を握ってるのは中京会の企業舎弟《フロント》なんだろう」

「おれも、そう考えてるんだ」

見城がそう言い、画面に目をやった。

浦辺が運転するレクサスは首都高速を走っていた。見城が映像を早送りした。浦辺の車が『東都ファイナンス』の本社ビルの地下駐車場に潜《もぐ》ったところで映像は途切れた。

「見城ちゃん、保科を使って浦辺に罠《わな》を仕掛けようや」

「若い女の死体が新たに手に入ったと浦辺に連絡させて、引き渡し場所に現われた『東都ファイナンス』の社長を締め上げるってシナリオだね？」

「当たり《ビンゴ》！　きのう、瑠衣の部屋を出るとき、保科の携帯のナンバーを登録しといたんだ。さっそく野郎に電話してみらあ」

百面鬼は喫《す》いさしの葉煙草《シガリロ》の火を揉み消し、懐から私物の携帯電話を取り出した。見城がテレビから離れ、リビングソファに腰かけた。

百面鬼は保科に電話をかけた。

「そ、その声は⁉」

「きのうは面白《おもしれ》えショーを観《み》させてもらった。礼を言わあ。実の妹にしゃぶられても、男は勃起《ぼっき》しちまう。考えてみりゃ、哀《かな》しいことだよな」

「…………」

「妹のほうもクリトリスを吸われたら、即、感じたみてえだったよな。二人が感じ合ってたんだから、合体までさせるべきだったのかもしれねえ。そっちだって、心のどこかで近親相姦になってもかまわねえと思ってたんじゃねえのか。最高の快楽は、禁忌《タブー》を破ることだって言うからな。アメリカの快楽殺人者は獲物を殺《や》るとき、必ず射精してたらしいぜ」

「用件をおっしゃってください」

保科が不機嫌そうな声で言った。

「妹とのシックスナインのことは早く忘れてえってわけだ。けど、おれの相棒が撮《と》った映像がある限り、そっちはおれたちに逆《さか》らえねえ」

「SDカードを買い取れってことなんですかっ」

「おれたちは、そのへんのチンピラじゃない。チンケな恐喝《カツアゲ》なんかしねえよ」

「それじゃ、あなたの目的は何なんです？」

「『東都ファイナンス』の浦辺に電話して、今夜、九体目の死体《ボディー》が手に入るって言いな。それで、引き渡しの時刻と場所が決まったら、おれに電話をしろ」

「浦辺さんを騙《だま》すんですね？」

「そういうことだ。おれたち、浦辺にいろいろ確かめてえことがあるんだよ」

「あなたたちにぼくが協力したこと、すぐにわかっちゃうじゃないですか？　まだ『東都ファイナンス』から借用証を返してもらってないんです。若い女の死体を十体集めたら、五千万の借金を帳消しにしてくれるという約束だったんでね」

「借りた金をチャラにしてもらうのは、もう諦《あきら》めるんだな」

「そ、そんな！　妹まで巻き込んで、ようやく八体を集めたんです。あと二体渡せば、ぼくの借金は棒引きにしてもらえるんですよ。あと二体かっぱらってから、浦辺さんに罠を仕掛けてもらえませんか。そうじゃないと、これまでの苦労が水泡《すいほう》に帰《き》してしまう」

「それまで待てねえな。だいたいそっちに選択の余地なんかねえんだ。きのうの舐めっこのこと、忘れちまったのかい？　どうなんでえ？」

「忘れたくたって、忘れられるわけないでしょう！」

「そうカッカすんなって。わかった、こうしようじゃねえか。そっちがおれたちに協力してくれたら、『東都ファイナンス』から借用証を奪ってやらあ」

「ほんとですか⁉」

「浦辺はダミーの社長なんだろうが、奴も何か死体ビジネスに関与してることは間違いねえ。その弱みをちらつかせりゃ、おとなしく保科浩和の借用証を出すだろう。出さなかったら、浦辺に手錠《ワッパ》打ってやらあ」

「そういうことでしたら、喜んで協力させてもらいます」

「現金な野郎だ。急に声が明るくなったじゃねえか」

「えへへ」

「すぐ浦辺に電話しろや」

百面鬼は言って、終了キーを押した。すると、見城が問いかけてきた。

「保科の借用証、本気で取り戻してやるつもりなの？」

「見城ちゃん、おれがそんな善人に見えるかい？」

「やっぱり、騙《だま》したのか」

「保科はてめえの借金を棒引きにしてもらいたくて、妹の手を借りて博愛会総合病院から若死にした女の遺体を八体も盗み出したんだ。身勝手な野郎に同情する気なんかねえよ」

「そうだよな。死んだ八人の女たちの遺族の気持ちを考えると、保科兄妹のやったことは赦《ゆる》せない。宗教観の異《こと》なる西洋人は身内の遺体の収容にはあまり拘《こだわ》らないようだが、日本人は家族の亡骸《なきがら》を手厚く葬ることで気持ちに区切りをつけてるからね」

「そうだな。死体泥棒や墓の盗掘は絶対にやっちゃいけねえよ。死者は文句も言えねえし、逃げることもできねえんだ。法律や道徳なんか糞喰《くそく》らえと思ってるけどさ、死んだ人間にも尊厳《そんげん》がある。かっぱらった死体で銭儲《ぜにもう》けするなんて、とんでもねえ話だよ」

「おれも同感だね」

見城が言葉に力を込めた。

「『東都ファイナンス』の真のオーナーが中京会の企業舎弟《フロント》だとしたら、元ドクターに内臓、血管、アキレス腱《けん》、骨なんかを切り取らせて、アメリカの人体パーツ販売会社に売ってんのかもしれねえな」

「欧米には人体のパーツを売ってる会社が数十社もあるそうだが、そういうとこに不正な手段で手に入れた内臓、血管、アキレス腱なんかを買い取ってもらうのは現実には不可能に近いんじゃないだろうか」

「世の中にゃ、すべて裏表《うらおもて》がある。もちろん、人間にもな。金に弱い人間は大勢いるじゃねえか。見城ちゃんにしても、このおれにしても銭は嫌いじゃねえ。そうだろ？」

「そのことは素直に認めるよ。しかし、これまでに盗まれた死体は八つだぜ。仮に内臓が高く売れたとしても、血管やアキレス腱なんかは百万円にもならないと思うんだ」

「だろうな。となると、八人のパーツを全部売ったとしても、総額ではたいしたことねえってことになるわけだ」

「そうだね。浦辺の背後にいる奴は、別の目的で若い女の死体を集めさせたんじゃないのかな」

「どんな非合法ビジネスが考えられる？」

百面鬼は問いかけた。

「東大医学部の標本室には、総身彫《ぼ》りの刺青《いれずみ》の表皮がそっくり標本として保存されてるそうだ」

「その話は、おれも知ってらあ。それから、アメリカやヨーロッパには珍しい図柄の肌絵《はだえ》をそっくり剝《は》ぎ取って集めてるコレクターがいることもな」

「ある種の人間にとって、若い女の肌は宝石よりも価値が高いんじゃないのかな。ちょっと変態っぽいコレクターなら、若い女の死体から表皮を丁寧《ていねい》に剝いで、ランプシェードにしたいと考えたりするんじゃないか。現に第二次世界大戦のとき、ナチスの将校がガス室で死んだユダヤ人女性の背中の表皮を使ってランプシェードとポケットチーフを部下に作らせたという記録が残ってる」

見城が長々と喋《しゃべ》り、長い脚《あし》を組んだ。

「その話は知らなかったが、死体フェチなら、若い女のおっぱいや局部を切り取って、ホルマリン漬けにしたくなるかもしれねえな」

「百《どう》さん、だいぶ昔のことだが、オランダとロシアにそれをやった男たちがいるんだよ」

「へえ。そいつらはホルマリン漬けにした女の性器をにたにたしながら、夜ごと眺めてたんじゃねえの？　やっぱ、鮑《あわび》に似てるななんて呟きながらさ」

「そうなのかもしれない。女体に異常な興味を持ってるリッチマンなら、一体数千万でも買いそうだな」

「ああ、考えられるな。若い女の裸体は一種の芸術品だから、いくら眺めてても飽きねえ。内臓や血を抜いてさ、永久保存したいと思う奴もいるんじゃねえか」

「ひょっとしたら、いるかもしれないね。日本では死体がテレビニュースでもろに映されることはないが、死生観《しせいかん》の異《こと》なる外国では死体が堂々と新聞に載ってる。それどころか、タイ、ブラジル、コロンビアなんかには死体写真だけを掲載してる専門誌がある。死体カメラマンたちは殺人現場にできるだけ早く駆けつけて、生々しい惨殺体《ざんさつたい》を撮ってる」

「読者たちは飯喰《めしく》いながら、頭部を撃ち砕かれたギャングの死体写真やナイフで局部を抉《えぐ》られた娼婦《しょうふ》の惨《むご》たらしい姿を見てるんじゃねえのか？」

「いくらなんでも、食事中にはその種の写真は見ないと思うよ。それはともかく、日航機墜落事故の生々しい現場写真や切腹した有名作家の生首写真が報じられただけで抗議の声があがる国では、ちょっと考えにくいね」

「写真といえば、欧米には屍姦《しかん》ＤＶＤがけっこう出回ってるようだぜ。もう何年か前の話だが、ロス市警のお巡りが猟奇殺人をやった犯人宅から押収した屍姦ＤＶＤをこっそりコピーして、チャイニーズ・マフィアに売ってたんだ」

「その犯人は自分が殺した女の死体とファックしてるとこを自《みずか》らビデオカメラで撮影してたんだね？」

「そう。しかも、女の首と両腕を切断してから突っ込んだというから、かなりシュールな映像だったんだろう。犯人は狂ってるな」

百面鬼は言って、首を横に振った。

「チャイニーズ・マフィアが複製ＤＶＤを現職警官から買い取ったのは、それだけ屍姦ＤＶＤを観《み》たがる奴が多いってことだよな？」

「そうなんだろう。チャイニーズ・マフィアはそのＤＶＤをさらに複製したんじゃねえの？」

「多分、そうなんだろう。しかし、日本では屍姦ＤＶＤを観《み》たがる奴はそう多くないと思うね。死体に対する畏怖《いふ》の念が強いから、穢《けが》したりしたら、いつか罰《ばち》が当たると思ってるはずだよ」

「だろうな。人肉を喰《く》うために、若い女の死体を買う奴がいるとも考えにくいか」

「それはないと思うよ。戦時中、南方で飢えに耐えられなくなった日本軍の兵士が死んだ戦友の肉を切り取って喰ったって話は事実だろうが、カニバリズムは禁忌中《タブーちゅう》の禁忌《タブー》だからね」

「そうだな。フランスに留学してた日本人男性が留学生仲間の白人女性を殺して、バラバラに切断した肉片をソテーにして喰っちまった事件があったが、あれは特殊なケースだからなあ」

「そうだね。となると、盗み出された若い女の遺体は外国の死体ビジネス産業か、変態気味のスキン・コレクターに売られてたんだろうな」

「おおかた、そうなんだろう」

「浦辺のバックにいる奴がはっきりすれば、盗んだ死体をどうしたかもはっきりするだろう」

見城がそう言い、ロングピースをくわえた。

そのすぐ後、保科から電話がかかってきた。

「浦辺さんに罠を仕掛けました」

「落ち合う場所と時間は？」

「いつもは青山霊園の近くで遺体の受け渡しをしてたんですが、きょうは午後八時に新宿御苑《ぎょえん》の大木戸門《おおきどもん》の前で落ち合うことになりました」

「そっちは、いつも決まった車で死体を運んでたのか？」

「車種は毎回変えてましたが、必ずレンタカーを使うようにしてました」

「そうか。それじゃ、きょうはエスティマを借りろ。車体の色は何色でもかまわねえよ」

「わかりました」

「それからな、どこかでマネキン人形を調達しろ」

「マネキン人形を手に入れられなかった場合は、どうしましょう？」

「そんときは羽毛蒲団《うもうぶとん》か何か丸めて、毛布でくるんで車の中に入れとけ」

「若い女の死体に見せかけるんですね？」

「わかりきったことをいちいち確かめるんじゃねえっ」

百面鬼は苛《いら》ついて、思わず声を張った。

「あっ、すみません。愚問でした」

「おめえも裏口入学のクチじゃねえのか？　頭の回転、あまりよくねえもんな」

「はあ？　裏口入学って？」

「いいんだ、こっちの話だよ。そりゃそうと、そっちが運転していく車を浦辺自身が転がして、死体をどこかに運び去ってたのかい？」

「いいえ、そうじゃありません。いつも浦辺さんは黒いエルグランドに乗ってきて、遺体はその車に移されたんです」

保科が答えた。

「浦辺は、いつもひとりで死体の引き取りに現われたのか？」

「ええ、そうです。それで、浦辺社長とぼくが二人がかりで遺体をレンタカーからエルグランドに移し替えてたんです」

「そうかい。やくざっぽい男たちが浦辺をガードしてたなんてことは？」

「一度もありませんでした」

「『東都ファイナンス』の本社には何度も行ってるよな？」

「ええ」

「そのとき、名古屋弁訛《なまり》の男が社内にいたことはあるか？　多分、そいつは中京会の企業舎弟《フロント》のトップなんだろう。どう考えたって、浦辺はダミーの代表取締役だろうが？」

「ええ、表向きの社長でしょうね。『東都ファイナンス』の経営権を握ってるのは、中京会の息のかかった経済やくざなんですか？」

「ああ、おそらくな」

「危《ヤバ》いなあ。刑事さん、ぼくの借用証、必ず手に入れてくださいね」

「わかってらあ。そっちは大木戸門の前に浦辺のエルグランドが来たら、レンタカーからさりげなく降りろ。それから、一目散《いちもくさん》に逃げな。あとは、おれたち二人に任せるんだ。いいな？」

「わかりました。くどいようですけど、借用証の件、よろしくお願いしますね？」

「借用証を手に入れたら、連絡してやらあ」

百面鬼は電話を切り、口の端を歪《ゆが》めた。

4

腕時計を見た。

午後八時六分前だった。

百面鬼は暗がりに身を潜《ひそ》め、新宿御苑の大木戸門に視線を向けていた。

大木戸門のすぐそばに、シャンパンゴールドのエスティマが停まっている。レンタカーだ。運転席には保科が坐っていた。

突然、懐で私物の携帯電話が振動した。裏通りに覆面パトカーを停めたとき、マナーモードに切り替えておいたのだ。

百面鬼は携帯電話を耳に当てた。

「ぼくです」

保科だった。

「なんでえ?」

「厭《いや》な予感がするんです。もしかしたら、浦辺社長は罠に気づいたんじゃないのかな」

「なぜ、そう思った?」

「これまでは遺体をかっぱらう日の午前中に浦辺さんに連絡してたんです。でも、きょうは夕方に電話をしましたよね？」

「ああ。電話で引き渡しの場所を決めるとき、浦辺の様子はどうだったんだ？」

「ふだんと変わらない様子でしたが……」

「だったら、罠を張られたとは思っちゃいねえだろう」

「そうだといいんですがね」

「おい、びくつくな。そっちの様子がいつもと違ってたら、浦辺が怪しむだろうが」

「そうですね」

「二、三回、深呼吸しな。そうすりゃ、少しは気持ちが落ち着くはずだ」

「はい、やってみます」

「マネキンは手に入ったのか？」

「ええ。八方手《はっぽうて》を尽《つ》くして、マネキンを造ってる会社からサンプル用の若い女のマネキンを借りてきました」

「そうかい。そのマネキンを毛布ですっぽりくるんであるな？」

「はい」

「それじゃ、そっちは浦辺がエルグランドから降りたら、すぐ逃げ出せ。いいな？」

「わかりました。

「深呼吸、深呼吸！」

百面鬼は言って、携帯電話の終了キーを押した。数秒後、ふたたび携帯電話が振動した。

ディスプレイには、見城の名が表示されていた。ハンサムな相棒は、大木戸門の向こう側にいる。

「百《どう》さん、いま黒いエルグランドが目の前を通過していったぜ。ステアリングを操《あやつ》ってたのは浦辺だった」

「車内に別の人影は？」

「いや、浦辺だけだったよ」

「そうか。なら、段取り通りに保科が逃《フケ》げたら、すぐ浦辺を押さえようや」

百面鬼は先に電話を切った。

そのとき、視界に黒いエルグランドが入った。浦辺の車はレンタカーの真後ろに停止した。すぐにヘッドライトが消された。エンジンも切られた。

浦辺が車を降りた。次の瞬間、エスティマから保科が姿を見せた。

「ご苦労さん！　例の物を早いとこエルグランドに移そう」

浦辺が保科に声をかけた。

保科は無言のまま、勢いよく走りだした。浦辺が大声で呼びとめた。じきに保科の後ろ姿は闇に紛《まぎ》れた。

浦辺が首を傾《かし》げながら、レンタカーの中を覗《のぞ》き込んだ。

百面鬼は暗がりから飛び出した。浦辺の腰を蹴《け》る。浦辺がエスティマのスライドドアに顔面をぶつけ、短く呻いた。

百面鬼は浦辺に足払いをかけた。

浦辺が横倒れに転がり、長く唸った。右肘《みぎひじ》を強く打ったらしい。

百面鬼がレンタカーのスライドドアを開け、毛布を剝《は》がした。マネキンの一部が見えた。

「残念ながら、今夜は若い女の死体じゃねえぜ」

百面鬼は浦辺を摑み起こし、グロック17の銃口を脇腹に突きつけた。

「拳銃を持ってるのか⁉」

「そうだ。大声出しやがったら、九ミリ弾を腹にぶち込むぜ」

「な、何者なんだ？」

「自己紹介は省《はぶ》かせてもらおう」

百面鬼は、浦辺の左腕をいっぱいに捩《ねじ》り上げた。浦辺が痛みを訴えながら、体を傾けた。

見城が駆け寄ってきて、すぐに目隠しになった。

百面鬼は浦辺をエスティマとエルグランドの間に連れ込み、力まかせに押し飛ばした。浦辺は新宿御苑のコンクリート塀に頭をぶつけ、路面にうずくまった。

百面鬼は片膝を落とし、浦辺の後頭部に銃口を押し当てた。

「『東都ファイナンス』の真の経営者は誰なんでぇ？」

「何を言ってるんだ⁉ 代表取締役は、このわたしだよ」

「てめえがダミーの社長だってことはわかってるんだっ。死にたくなかったら、口を割るんだな」

「そんなことを言われたって、わたしが社長なんだ。会社の登記簿を見てくれよ」

「登記簿では、確かに代表取締役は浦辺澄也になってた。しかし、てめえは表向きの社長に過ぎねえ。年商百数十億円の会社の社長が小住宅に住んで、レクサスでご出勤かい？」

「わたしは会社を大きくすることが生き甲斐《がい》なんだよ。だから、自宅や車に金をかける気はないんだ」

「もっともらしい言い訳だが、そんなのは通用しねえぜ。てめえはメガバンクの本店融資部にいたころ、中京会の企業舎弟《フロント》に不正融資をした。それで、職場にいられなくなった。そこまで調べはついてんだよ」

「いったい何者なんだ⁉」

「さっき自己紹介はできねえって言ったはずだぜ。『東都ファイナンス』の実質的なオーナーは、中京会の企業舎弟《フロント》なんだな！」

「それは違う。中京会なんて関係ないよ。銀行員時代に中京会に不正融資を強要されたことは認めるが、連中とは一切《いっさい》つき合ってないんだ。奴らはわたしに女を宛《あて》がって、不正融資を迫ったんだよ。おかげで、わたしの人生は狂ってしまった。憎しみしか感じてない中京会に協力するわけないじゃないかっ」

浦辺が興奮気味に言い募《つの》った。

「ダミー社長であることは認めるんだな？」

「そ、それは……」

「どうなんだっ」

「認めるよ」

「オーナーは誰なんでえ？」

「それは言えない」

「だったら、ここで死んでもらうぜ。念仏《ねんぶつ》でも唱《とな》えな」

百面鬼は引き金に人差し指を深く巻きつけた。

「撃たないでくれ。殺さないでくれーっ」

「オーナーの名は？」

「十年ほど前までアクション俳優として映画やテレビドラマに出演してた速水智樹《はやみともき》を知ってるだろう？」

「知ってらあ。速水は、そこそこ売れてたからな。劇場映画でボクサー崩れの用心棒役を演じたのが最後で、いつの間にか芸能界から消えちまった。あの速水智樹が『東都ファイナンス』の真の経営者だって言うのか？」

「ああ、そうだよ」

「苦し紛《まぎ》れの嘘なんだろうが、あまりにもリアリティーがねえな。元俳優がオーナーだって？　ふざけんじゃねえ」

「嘘じゃない、嘘じゃないんだよ。速水は著名な映画監督の奥さんと駆け落ちしたことがあるんだ。結局、奥さんは旦那の許《もと》に戻ったんで、速水は芸能界から追放されてしまったんだよ」

「妙に精《くわ》しいじゃねえか」

「速水はわたしと同県人なんだよ。速水は役者生命を絶《た》たれたんで、ネットシネマの制作を手がける気になったんだ。それで、わたしが勤めてた銀行にやってきて、事業資金を融資してほしいと頭を下げたんだ。しかし、なんの実績も担保もない客に融資はできない。断ると、速水はひどく落胆した様子だった。同県人として何かほうっておけない気持ちになって、わたしは速水を居酒屋に誘ったんだ」

「それがきっかけで、速水の相談に乗ってやるようになったってえのか？」

「そうなんだ。速水はネットシネマの制作を諦《あきら》めて、出張ホストになったんだよ。元俳優だから、女性起業家や金持ちの奥さんたちといった上客に恵まれて、年に数千万円も稼ぐようになったんだ。税務署に申告しなくてもいい所得だから、収入は丸々遣《つか》えるわけだよ」

「速水はせっせと貯蓄《ちょちく》に励み、何か商売をはじめたんだな？」

「そうなんだ。速水はバーチャル性感エステの経営に乗り出したんだが、それが大当たりしたんだ。もともと商才があったんだろうね。彼は次々に各種の風俗店をオープンさせ、どこも大繁昌《はんじょう》させたんだよ。それで、『東都ファイナンス』の経営権を手に入れたんだ」

浦辺が言った。

「風俗店の経営でリッチになった男が、なぜダミーを使う必要があるんでえ？　速水自身が『東都ファイナンス』の代表取締役に収まってもいいだろうが」

「速水は裏社会の連中に目をつけられたくないと思ってるんだ。各種の風俗店のみかじめ料が年間で一千万を超えてるらしいんだよ。金融会社の経営権を握ったことを暴力団関係者に知られたら、そっちでも甘い汁を吸われることになると警戒したんだ。だから、勤め先にいられなくなった同県人のわたしにダミーの社長になってほしいと……」

「条件は？」

「表向きの社長になってくれたら、年収三千万は保証すると言われたんで、わたしはダミー社長になったんだ」

「てめえは保科に若い女の死体を十体集めれば、奴の借金五千万を棒引きにしてやると言ったな。速水とつるんで、どんな死体ビジネスをやってやがるんだっ」

　百面鬼は銃口で浦辺の頭を小突いた。

「わたしは速水に頼まれたことをやっただけで、彼が若い女の死体で何をしてるのか、まったく知らないんだ」

「往生際が悪いな。どっちか腕を撃ってやろう」

「やめろ、やめてくれよ。わたしは保科が調達してくれた八つの遺体を速水のセカンドハウスに運んだだけなんだ。そのあと、死体がどう利用されてるかは知らないんだよ」

「速水のセカンドハウスは、どこにあるんでえ？」

「別荘は清川村《きよかわむら》にあるんだ」

「清川村？」

「そう。神奈川県下の村で、丹沢《たんざわ》山の山裾《やますそ》のあたりにあるんだ。別荘地じゃないんだが、景色がいい所だよ。速水のセカンドハウスはかなり大きいんだ」

「速水の自宅はどこにあるんでえ？」

「代官山だよ。自宅も豪邸だね」

「速水の本名は？」

「芸名みたいだが、速水智樹は本名なんだ。もう何もかも吐いたんだから、わたしを解放してくれよ」

　浦辺が言った。

「そうはいかねえな」

「わたしをどこか人目のない場所で撃つ気なのか⁉」

「雑魚《ざこ》なんて殺《や》っても仕方ねえ。てめえには、清川村の速水のセカンドハウスにマネキン人形を運んでもらう」

「新しい死体《ボディー》が手に入ったと嘘をついて、速水を清川村に誘《おび》き出すつもりなんだな？」

「そうだ。速水の携帯電話を鳴らして、これから飛び切りの美女の遺体を奴のセカンドハウスに運び込むと言え！」

「別荘までの道順を教えるから、あんたたち二人で清川村に行ってくれよ」

「いいから、早く速水に電話しやがれ」

百面鬼は靴の先で浦辺の腰を思うさま蹴った。浦辺が長く唸《うな》った。

「言われた通りにしねえと、気絶するまで蹴りまくることになるぜ」

百面鬼は凄《すご》んだ。浦辺が短く迷ってから、上着の内ポケットから携帯電話を摑み出した。すぐに震える指で、短縮番号を押した。

電話が繋がった。

「わたしだよ。事前に報告できなかったんだが、たったいま九体目の死体《ボディー》を保科から受け取ったんだ」

「……………」

「事前に連絡できない事情があったんだよ」

「……………」

「いや、警察の検問に引っかかったわけじゃない。その点は安心してくれ。え？　いまは新宿御苑の近くにいるんだ」

「…………」

「忙しいのは、よくわかるよ。しかし、わたしが明日まで遺体を預かるわけにはいかない。ドライアイスを大量に買ったら、怪しまれるだろうからね」

「…………」

「そうだよ。今夜中に、死体《ボディー》はきみに直《じか》に渡したいんだ。早く別荘の大型冷凍庫に入れないと、この季節だから、傷《いた》んじゃうぞ」

「…………」

「無理を言って悪いね。それじゃ、十一時までに必ずセカンドハウスに来てくれよな」

浦辺が通話を切り上げた。

「速水は別荘に来るんだな？」

「ああ、十一時までには行くと言ってたよ」

「それじゃマネキン人形を毛布ですっぽりと包み込んで、そっちのエルグランドに積み替えてくれ。それから、速水の別荘まで車を運転してもらう。おれはエルグランドの助手席に坐る」

百面鬼は拳銃をベルトの下に差し込み、浦辺を摑み起こした。浦辺がレンタカーの中からマネキン人形を取り出し、エルグランドの後部座席に寝かせた。

「そっちは、この車に従《つ》いてきてくれや」

百面鬼は見城に耳打ちした。

見城が黙ってうなずき、すぐに裏通りに走り入った。サーブは裏通りの暗がりに駐《と》めてあった。百面鬼は先にエルグランドの助手席に腰かけ、グロック17をちらつかせた。浦辺が絶望的な顔で運転席に入る。

「盗み出した若い女の死体のことで、新宿のやくざに脅されたことがあるんじゃねえのか？」

「わたしが？」

「そうだ。義友会小松組の小松組長と代貸の中谷って男が接触してきて、まとまった口止め料を要求したんじゃねえのか？」

「そんな男たちは知らない。その二人は速水の秘密を知って、彼を脅迫してたんじゃないのかな？」

「何か根拠でもあるのかい？」

百面鬼は矢継《やつ》ぎ早に訊いた。

「速水は、死体《ボディー》の引き渡しの際《さい》には周《まわ》りに人の目がないことを神経質に確かめてくれと言ってきたんだ。それから、セカンドハウスに近寄るときにもね。だから、速水は誰かに強請《ゆす》られてるのかもしれないと思ったんだよ」

「そうかい。小松と中谷は相次《あいつ》いで殺されたんだ。速水が殺し屋《プロ》を雇って、二人を葬らせたのかもしれねえな」

「さあ、どうなんだろう？」

浦辺が曖昧《あいまい》に言って、エルグランドを発進させた。百面鬼は銃口を浦辺の腹部に向けた。

少し走ると、サーブが従《つ》いてきた。

エルグランドは東名高速道路の東京料金所に向かった。ハイウェイに入ると、百面鬼は浦辺にスピードを上げさせた。横浜町田ＩＣ《インターチェンジ》まで流れはスムーズだった。

だが、厚木ＩＣの少し手前で玉突き事故があって、渋滞に巻き込まれてしまった。苛々《いらいら》しながら、ようやく厚木ＩＣを通過した。

ふたたび百面鬼は、浦辺に加速させた。

秦野中井《はだのなかい》ＩＣを降りたのは、十時数分前だった。エルグランドは丹沢大山国定公園《たんざわおおやまこくていこうえん》方向にひたすら進み、中津川《なかつがわ》に沿って直進しつづけた。

「目的地まで五、六キロだよ。途中で渋滞に引っかかったんで少し気を揉んだけど、十時半過ぎには速水のセカンドハウスに着くだろう」

浦辺が安堵《あんど》した表情で言った。

「別荘には誰か留守番がいるのか？」

「いや、ふだんは誰もいないんだ」

「そうかい。これまで八回、そっちは死体を別荘に搬送《はんそう》したわけだが、そのたびに大型冷凍庫まで運んでたのか？」

「いつも死体はセカンドハウスの車寄せで速水に引き渡してたんだ。彼が肩に遺体を担《かつ》いで、自分で大型冷凍庫に運んでたんだよ」

「そうか」

百面鬼は口を閉じた。

それから間もなく、エルグランドは右折した。未舗装の林道を二百メートルほど行くと、急に視界が展《ひら》けた。

広い敷地の奥まった場所に、二階建てのペンション風の二階屋が建っている。どの窓も暗かった。

浦辺がエルグランドを車寄せに停めた。少し遅れて、見城の車が後方で停止した。

百面鬼は先に車を降り、エルグランドの運転席から浦辺を引きずり出した。そのとき、サーブから見城が降りた。

「こいつを見張っててくれや。おれは、ちょっと別荘の中を見てくらあ」

百面鬼は浦辺の背を押し、見城にグロック17を差し出した。

「飛び道具なんかなくても、囮《おとり》を逃がすようなヘマはやらないよ」

「別にそっちを軽く見たわけじゃねえんだ。気を悪くしたんだったら、謝らあ」

「気にしてないよ」

見城が屈託《くったく》なく笑い、浦辺の片腕をむんずと摑んだ。

百面鬼はアプローチを進み、ポーチに向かった。別荘の周囲は、うっそうとした自然林だった。

少し風があった。葉擦《はず》れの音が潮騒《しおさい》のように響いてくる。

百面鬼はピッキング道具を用《もち》いて、玄関ドアの内錠を外した。ライターの炎で足許《あしもと》を照らしながら、広い玄関ホールに土足で上がった。

電気のブレーカーは落とされているかもしれない。

百面鬼はそう思いながら、照明のスイッチを入れた。次々に電灯を点け、素早く階下の各室を覗く。

四十畳ほどのスペースの大広間《サロン》のほかに三つの洋室、ダイニングキッチン、浴室などがあった。十五畳ほどのキッチンには、業務用の大型冷凍庫が据《す》え置かれている。

百面鬼は大型冷凍庫に歩み寄り、大きな扉を開けた。電源は入っていたが、中は空っぽだった。

百面鬼は庫内を仔細《しさい》に観察した。長大なスライドプレートには、長い髪が何本もへばりついていた。肉片や血痕《けっこん》は目に留《と》まらなかった。

若い女性たちの死体をここで冷凍保存して、別の場所で内臓や血管を抜き取っていたようだ。

百面鬼はいったん玄関ホールまで戻り、二階に駆け上がった。五つの寝室、書斎、ビリヤードルーム、浴室、トイレがあった。どこにも人体のパーツや頭髪はなかった。

百面鬼は階段をゆっくりと下《くだ》りはじめた。ステップを半分ほど踏んだとき、外で乾いた銃声がした。浦辺の短い悲鳴も聞こえた。

速水が刺客《しかく》を放ったにちがいない。

百面鬼はグロック17をベルトの下から引き抜き、一気に階段を駆け降りた。そのままポーチに走り出る。

エルグランドの近くに、浦辺が仰向けに倒れている。微動だにしない。暗くて銃創《じゅうそう》は見えなかったが、頭部か心臓部を撃たれたのだろう。

見城は身を低くして、自然林を透《す》かし見ている。狙撃《そげき》者は林の中に潜《ひそ》んでいるようだ。

百面鬼は手早くスライドを滑らせ、初弾を薬室《チェンバー》に送り込んだ。そのとき、闇の奥で銃口炎《マズル・フラッシュ》が瞬《またた》いた。

狙われたのは見城だった。見城が肩から転がった。放たれた銃弾は、見城のすぐ横の土塊《つちくれ》を撥《は》ね飛ばした。

「車の後ろに回り込め」

百面鬼は相棒に言って、すぐさま撃ち返した。弾《たま》が樹幹《じゆかん》にめり込む音がした。もっと敵に近づく気になった。百面鬼は中腰でポーチの短い階段を駆け降り、刺客のいる自然林に向かって走りだした。

いくらも進まないうちに、林の中から銃弾が飛んできた。百面鬼は横に跳《と》んだ。弾は頭上すれすれのところを疾駆《しつく》していった。

射撃の腕は悪くなさそうだ。

百面鬼は寝撃ちの姿勢をとり、たてつづけに二発撃ち返した。林の奥で、女の短い声があがった。

なんと刺客は女らしい。

百面鬼は起き上がり、さらに林に接近した。

すると、敵が三発連射した。どうやら被弾したわけではないようだ。百面鬼の見舞った九ミリ弾が殺し屋の体のどこかを掠《かす》めそうになったのだろう。

放たれた三発は辛《かろ》うじて躱《かわ》すことができた。

百面鬼はジグザグに走りながら、林の中に走り入った。巨木に身を寄せ、樹間を凝視する。動く人影はない。百面鬼は用心しながら、病葉《わくらば》の折り重なった地面に耳を近づけた。

かすかな足音が耳に届いた。その音は次第に小さくなっていく。追っても、もう間に合わないだろう。

百面鬼は自然林を抜け出し、別荘の車寄せに戻った。

「浦辺はもう死んでる」

見城が告げた。

「速水が本能的に危機が迫ったことを察知《さっち》して、女殺し屋を放ったんだろう」

「百《どう》さん、女殺し屋の姿を見たの？」

「姿は見てねえけど、声ははっきり聞こえたよ。声から察すると、三十歳前後だろうな。速水はここには来ねえと思うよ。見城ちゃんのサーブで、ひとまず東京に戻ろうや」

百面鬼は拳銃をベルトの下に差し込み、目顔《めがお》で相棒を促《うなが》した。

第五章　悪党カーニバル

1

人の姿は見当たらない。

百面鬼は速水邸に近づいた。

清川村で浦辺が女刺客に射殺されたのは、四日前である。その次の日、百面鬼は伊集院七海に速水邸の電話保安器にヒューズ型盗聴器を仕掛けてもらった。

七海は、自動録音装置付き受信機をガレージの横の植え込みの中に隠してきたと言っていた。速水の自宅の電話内容は、すべてそれに録音されているはずだ。

百面鬼は速水邸のガレージに歩《ほ》を進めた。

車庫には、ＢＭＷの赤いスポーツカーが納まっているだけだ。速水の妻の愛車だろう。

七海の話によると、速水は灰色のジャガーXJエグゼクティブで自分の風俗店を小まめに回っているらしい。

百面鬼はガレージの横の花壇の前で足を止めた。道路に直《じか》に面した花壇には、満天星《どうだんつつじ》が植わっていた。

百面鬼は根方《ねかた》の奥に腕を伸ばし、手探《てさぐ》りした。すぐに指先に四角い物が触《ふ》れた。自動録音装置付き受信機を手早く回収し、隣家の生垣《いけがき》の際《きわ》に駐《と》めてある覆面パトカーに戻った。

午後三時過ぎだった。

空は灰色にくすんでいる。稲妻を伴った大雨が降って、そろそろ梅雨が明けるのだろうか。九州地方は、きのう梅雨が明けたらしい。

百面鬼はクラウンのドアを閉めると、録音音声を再生させた。

すぐに女同士の会話が流れてきた。速水の妻の知香《ちか》が、モデル時代のスタイリストと最新のミラノファッションについて長々と喋《しゃべ》っている。

百面鬼は音声を早送りした。二本目の電話は男同士の会話だった。片方は速水だ。

──わざわざ固定電話にかけ直してもらって申し訳ない。携帯は盗聴されやすいから、ちょっと警戒しないとね。

──そうだな。話のつづきだが、博愛会総合病院からは、もう商品が入らないってどういうことなんだ？

――保科兄妹《きょうだい》がどうも警察にマークされてるみたいなんだよ。調査員に兄妹の周辺を探《さぐ》らせてたんだが、やくざみたいな刑事が保科瑠衣のマンションに押し入って、兄貴の保科浩和を誘《おび》き寄せたらしいんだ。

――それは、どういうことなんだろう？

――おそらくスキンヘッドの刑事は、保科兄妹が博愛会総合病院から例の商品を調達したことを嗅《か》ぎ当てたんだろう。

――なんでバレてしまったんだ⁉

――そうオタつかないでよ。椎橋《しいばし》さんも昔は気弱な助監督だったけど、いまはいっぱしの悪党《ワル》になったんだからさ。

――映画屋で喰《く》えなくなったから、仕方なくダーティー・ビジネスをやってるんだ。いまだって、根はロマンチストの映画青年、いや、映画中年か。おれも四十三歳になっちまったからな。

――ま、中年だろうね。それはそうと、三日前の朝、丹沢の山中で浦辺の射殺体が発見されたことは知ってるでしょ？

――ああ。新聞で知って、びっくりしたよ。もしかしたら、速水ちゃんが『東都ファイナンス』のダミー社長を始末させたのかい？

――実は、そうなんだ。例の女殺し屋に浦辺をシュートさせたんだよ。

――なんだって、そんなことをしたんだ？

――四日前の夜、浦辺がおれに電話してきて、保科兄妹が新しい商品を入手したから引き渡したいと言ってきたんだ。浦辺は罠《わな》の気配をまったく感じなかったみたいだが、おれは厭《いや》な予感がしたんだよ。

――やくざっぽい刑事が何か企《たくら》んでると直感したんだな？

――そうなんだ。だから、女殺し屋に連絡して、清川村のセカンドハウスに行かせたんだ。案の定《じょう》、浦辺はスキンヘッドの刑事の罠に嵌《は》まってた。

――それで、浦辺を始末させたわけか。

――そう。刑事は正体不明の男と一緒だったらしい。女殺し屋は、その二人もシュートするつもりだったらしいんだが、目的は果たせなかったんだ。

――そうだったのか。そういうことなら、商品の仕入れ先を新《あら》たに確保しないとな。

――椎橋さんは病院乗っ取り屋なんだから、経営不振の総合病院を幾つも知ってるはずだ。給料の遅配をしてるとこがあったら、ドクターや看護師を金で抱き込んで、若い女の死体《ボディー》を確保してよ。

――そういう方法が最も手っ取り早いが、おれが動くのはまずいな。スポンサーに迷惑かけたくないんだよ。それに速水ちゃんと組んで、こっそり内職してることもスポンサーに知られたくないしね。

――それじゃ、葬儀社を抱き込むか。

――いや、それはまずいな。搬送中《はんそうちゅう》の遺体が何体も消えたら、その葬儀社はすぐに怪しまれることになるじゃないか。

――いっそ椎橋さんのスポンサーのとこから、商品を調達する？

――ばかなことを言うなよ。おれは、あの先生がいるから、潰《つぶ》れそうな病院を次々に買収できたんだ。

――椎橋さん、よく考えてみなよ。買収した病院をスポンサーが確実に買い取ってくれると単純に喜んでてもいいのかな？　椎橋さんは、汚れ役を演じさせられてるんだよ。スポンサーの先生は悪知恵が発達してる。自分は強引な手段で病院を乗っ取ったことはないと善人面《ぜんにんづら》して、裏ではダミーの椎橋さんに経営の苦しい総合病院を次々に買収させてるわけだからね。

――おれは先生に資金を提供してもらって、転売時には一千万単位の利鞘《りざや》を稼がせてもらってるんだ。

——だから、感謝してるってわけ？

——うん、まあ。

——椎橋さんは、やっぱり世間識《し》らずだな。買収のとき、いろいろ手を汚してるんだから、一、二千万の利鞘を稼がせてもらうのは当然さ。しかし、その程度じゃ不満だから、椎橋さんはおれと裏ビジネスをやる気になったんでしょ？

——ああ。おれは死ぬまでに制作費十億の映画をプロデュースしたいんだ。できれば、監督も脚本も手がけたいね。

——そういう夢があるんだから、もっと内職に励まなきゃ。

——おれも、そう思ってるさ。けど、先生のとこから商品を入手するわけにはいかないよ。

——わかった。それじゃ、別のルートから死体《ボディー》を仕入れよう。

——そうだな。それはそうと、ネットの秘密サイトをいったん閉めよう。海外からのアクセス件数が四万を超えたから、ちょっと警戒しないとな。

——弱気だな。あの種のＤＶＤは日本人にはあまり評判がよくなかったけど、外国人には大人気だったじゃないか。もっと大量にＤＶＤをダビングしようよ。絶対に儲《もう》かるって。

――速水ちゃん、警視庁は専門チームを組んでネット犯罪に目を光らせてるんだぜ。商品の入荷がストップしたんだから、しばらくおとなしくしてよう。

――椎橋さんは欲がないな。というよりも、臆病《おくびょう》なんだろうね。もう手は汚れてるんだから、もっと大胆になればいいのに。

――おれは根っからの悪党じゃないからな。

――それにしても、腰が引けてるよ。新しい商品が入るようになったら、またリッチマンたちを集めて、例の実演ショーをやったり、スペシャル・メニューを喰《く》わせよう。それで、彼らの弱みを材料《ネタ》にして……。

――ああ、そうだな。なるべく早く商品の仕入れを急ぐことにするよ。

――よろしくね。

――速水ちゃん、浦辺の射殺体を別荘から丹沢山に移すとき、ヘマはやってないよな？

――おれ自身が浦辺の遺体を山の中に棄《す》ててきたんだから、警察にマークされる心配はないって。

――そうか。なら、びくびくすることはないな。

――大丈夫だよ。それより、スポンサーに内職のことを覚《さと》られないようにしたほうがいいね。

――わかってるよ。それじゃ、また！

通話が途絶《とだ》えた。

百面鬼は録音音声に耳を傾けつづけた。三本目の電話には、速水の妻の声が吹き込まれていた。美容院の予約電話だった。

四本目の電話は速水自身が取っている。しかし、それは間違い電話だった。

百面鬼は再生を停止し、葉煙草《シガリロ》に火を点けた。

速水と椎橋という男の遣《や》り取《と》りから察すると、どうやら二人は屍姦ＤＶＤを制作し、インターネットの秘密サイトを利用して、海外にコピーしたＤＶＤを大量に流しているようだ。

それだけではなく、リッチな男たちに屍姦の実演ショーを観《み》せたり、カニバリストたちには人肉を喰わせているらしい。さらに速水たちは、リッチマンたちのそうした弱みを強請《ゆすり》の種《たね》にしていると思われる。

元助監督の椎橋は大病院を経営しているスポンサーのため、赤字の総合病院を次々に買収して、転売時に利鞘を稼いでいると言った。しかし、それだけでは、大きな夢は叶《かな》えられない。で、速水と共謀して、スポンサーに内緒で裏仕事をやりはじめたのだろう。

百面鬼はくわえ煙草で車を降り、自動録音装置付きの受信機を満天星《どうだんつつじ》の陰に隠した。

速水の妻を人質に取って、夫を外出先から呼び戻すことにした。

百面鬼は葉煙草《シガリロ》を足許に落とし、火を踏み消した。

速水邸の門の前に立ったとき、横合いから誰かに声をかけられた。振り向くと、毎朝日報の唐津がすぐそばにいた。

「速水に逮捕状が出たのかい？」

「逮捕状だって⁉」

「あれっ、そうじゃなかったのか」

「唐津の旦那、どういうことなんでえ？」

「おとぼけだな。そうやって、こっちから何か探《さぐ》り出そうとしてるんだろうが、その手にゃ引っかからないぞ」

「なんの話かさっぱりわからねえな。おれは速水が家出少女たちを自分の風俗店で働かせてるって密告《タレコミ》があったんで、その内偵でちょっとね」

百面鬼は言い繕《つくろ》った。

「よくそういう嘘《うそ》がとっさに出てくるな。警察が屍姦ＤＶＤのことを知らないわけない」

「屍姦ＤＶＤだって⁉」

「またまたおとぼけか。まいったね」

「元俳優の速水が屍姦DVDを密売してんの？」

「知ってるくせに」

「まったく知らなかったよ。速水はインターネットを使って、屍姦DVDを売ってたわけ？」

「あれれ、本当に知らないようだな。先月、速水は新宿と池袋のアダルトDVD店に屍姦DVDのサンプルを持ち込んで、大量に卸《おろ》すとセールスしたらしいんだよ。しかし、映ってる若い女の死体は四谷の博愛会総合病院の死体安置所から盗まれたものではないかと疑ったんで、あるアダルトDVD店の店長が警視庁に駆け込んだんだ」

「それは、いつのこと？」

「十日ぐらい前の話だよ。で、四谷署が速水をマークしてるんだ。速水が八体の死体をかっぱらって、屍姦DVDを撮《と》ったんじゃないかと疑いはじめてるんだよ」

「風俗界の旋風児《せんぷうじ》と呼ばれてる速水は、そんなことまでやってやがったのか。十四、五の家出娘をヘルス嬢にしてるだけじゃなかったわけだ。新聞記者《ブンヤ》さんに情報を貰うようになっちゃ、おれも終わりだな。親父の寺を継《つ》いだほうがいいのかもしれねえ」

「その気もないくせに」

唐津が妙な笑い方をした。

「四谷署が速水を逮捕《パク》るのは時間の問題だろうな。その前に速水の野郎を児童福祉法違反で引っ張ってやろう。四谷署に先を越されたら、マンモス署の面目丸潰《まるつぶ》れだからな」

「何を隠そうとしてるんだ？　それとも悪党刑事が心を入れ替《か》えて、真面目に点数稼ぐ気になったわけか。え？」

「唐津の旦那、そういう皮肉っぽい笑い方はやめてくれねえか。おれだって、人の子だぜ。少しは親孝行してえじゃねえか。おれ、一度も表彰状も金一封も貰《もら》ったことねえんだ。一遍《いっぺん》ぐらいは点数稼いで、おれが社会の治安を護《まも》ってるとこを年老いた両親に見せてえよ」

「似合わないことを言ってないで、おたくも手の内を見せてくれよ。おたくは別の線から、速水が一連の死体消失事件に深く関与してることを突きとめたんだろう？」

「旦那は考え過ぎだって。おれ、署に戻って逮捕状を請求しねえと。四谷署にいい思いさせるのはなんか癪《しゃく》だからさ。それじゃ、また！」

百面鬼は片手を挙げ、覆面パトカーに走り寄った。猿楽町《さるがくちょう》の邸宅街を走り抜け、見城の自宅兼オフィスに向かう。

十分足らずで、『渋谷レジデンス』に着いた。

百面鬼はクラウンをマンションの横に駐《と》め、八〇五号室に急いだ。勝手に部屋に入ると、見城は六十年配の男とリビングで何か話し込んでいた。

百面鬼は来客に会釈《えしゃく》し、勝手に寝室に入った。
七、八分経《た》ったころ、六十絡《がら》みの男は辞去した。百面鬼は寝室から居間に移った。
「いまの客は、博愛会総合病院の立花謙《たちばなけん》院長だよ」

見城が先に口を開いた。

「そうだったのか。調査の中間報告を聞きに来たんだろ？」

「ああ。もうじき死体泥棒の正体がわかるだろうと答えておいたよ」

「そうかい」

百面鬼はリビングソファに腰かけた。すぐに見城が正面に坐った。

「録音音声から何か手がかりは？」

「収穫はあったよ」

百面鬼は経過をつぶさに語った。

「速水は内臓や人体のパーツを売ってたわけじゃなかったんだな。推測が外れたね」

「ま、そういうことになるが、たまにゃいいさ」

「速水は椎橋って奴とつるんで、屍姦ＤＶＤの密売や屍姦の実演ショーで荒稼ぎしてたのたわけだ」

か。その上、実演ショーの客や人肉を喰ったカニバリストたちから口止め料を脅し取って
「それは、ほぼ間違いねえよ。速水たち二人は、ダーティー・ビジネスで五、六億は稼いだんじゃねえか」

「そのくらいは稼いだろうね。回収した録音音声を聴いて、百《どう》さんは椎橋という男はなんとなく気弱そうだと言ってたが、そうなんだろうか。おれは、椎橋のほうが速水よりも一枚上手《うわて》なんじゃないかと思ってるんだ」

「どうしてそう思った？」

「椎橋という男は、かなりの大物と思われるスポンサーに取り入って、経営不振に陥《おちい》ってる総合病院を次々に買収してる。そして、それらの病院をスポンサーに転売して、しっかり利鞘を稼いでる」

「利鞘の額は多くねえようだけどな」

「それでも転売で一千万、二千万と着実に儲けてる。汚れ役と引き替えながらも、椎橋は他人の褌《ふんどし》で上手にビジネスをしてきたわけだよね？」

見城が言った。

「そういうことになるな」

「気弱な人間がそこまでやれるかな。椎橋は案外、速水なんかよりずっと強《したた》かな男なんじゃないだろうか。速水に引きずり込まれた恰好《かっこう》になってるが、そのうち相棒の寝首を掻《か》く気でいるんじゃないのかな」

「そうは思えねえけどな」

「速水と椎橋は共犯者同士だが、若い女の死体を浦辺に集めさせた元俳優のほうがたくさんの人間に弱みを知られてる。不都合な人間を殺し屋《プロ》に始末させてもいる」

「そうだな」

「それに引き替え、椎橋は屍姦ＤＶＤの撮影をしたり、屍姦実演ショーの手配をしただけと思われる。リッチマンに口止め料を要求したのが速水だけだったとしたら、椎橋の犯した罪ははるかに軽い」

「そうなら、椎橋のほうが力関係では速水よりも強いわけだ。場合によっては、速水を脅迫することもできる」

「ああ。それから椎橋はその気になれば、スポンサーに噛《か》みつくこともできる。まだ顔の見えないスポンサーは社会的には成功者と思われるが、元助監督は病院乗っ取り屋だ。最初っから失うものなんてないわけだから、いわば飼い主のスポンサーに牙《きば》を剝《む》くことも可能だよね？」

「なるほど、その通りだな。それはそうと、唐津の旦那が言ってた話が事実なら、時間の問題で速水は四谷署に身柄《ガラ》を押さえられるだろう」

「そうなったら、おれも立花院長から一千万円の成功報酬を貰えなくなる」

「ああ、そうだな。明日の午後、速水の女房を人質に取って、亭主と椎橋を生け捕りにしようや」

「そうするか」

「やろう」

百面鬼は相棒と握手した。

2

灰色のジャガーXJエグゼクティブは見当たらない。

百面鬼は車庫に目をやってから、速水邸のインターフォンを鳴らした。午後四時過ぎだった。

相棒の見城は斜め後ろにいた。

「どちらさまでしょうか？」

スピーカーから女の声が流れてきた。ハスキーボイスだった。

「新宿署の者だ。あんた、速水知香さんかい？」

「ええ、そうです」

「旦那のことで、いろいろ訊《き》きてえことがあるんだ。ちょっとお邪魔させてくれねえか」

「わかりました。少々、お待ちください」

「悪いな、突然で」

百面鬼は少し後ろに退《さ》がった。

待つほどもなくポーチから、二十八、九歳の彫《ほ》りの深い美人が姿を見せた。速水の妻だろう。プロポーションは申し分ない。

「速水の妻です」

知香がそう言いながら、門扉《もんぴ》の内錠を外した。百面鬼は知香に警察手帳をちらりと見せ、見城のことを同僚刑事だと騙《かた》った。

「どうぞお入りください」

知香が長いアプローチを歩きはじめた。濃紺のブラウスは麻だった。ベージュのスカートは綿だろう。

百面鬼たち二人は、玄関ホールに面した広い応接間に通された。

応接ソファセットはイタリア製で、デザインが斬新《ざんしん》だった。百面鬼たちは長椅子《ながいす》に並んで腰かけた。

「何か冷たいものでもお持ちしますね」

知香がそう言い、応接間を出ようとした。百面鬼は知香を呼びとめ、ソファに坐らせた。自分の正面だった。

「夫が何か問題を起こしたんですね？」

「十四、五歳の家出少女たちを自分の店でヘルス嬢として働かせてたんだよ」

百面鬼は、でまかせを口にした。

「十四、五歳というと、中学生ですね？」

「ああ」

「なんてことをしてしまったのかしら」

「実を言うと、その件はどうでもいいんだ。目をつぶってやってもいい。ただ、『東都ファイナンス』のダミー社長にやらせてたことには目をつぶるわけにはいかねえんだ」

「速水は、夫は浦辺さんに何をさせていたんでしょう？」

「若死にした女の亡骸《なきがら》を八体、浦辺に集めさせてたんだよ」

「えっ⁉」

「四谷の博愛会総合病院から、半年の間に八つの遺体が盗まれたことは知ってるよな？」

「はい。死体を盗み出したのは、浦辺さんだったんですね？」

「実際に八つの死体をかっぱらったのは、元看護師なんだ。その女の兄貴は保科浩和という奴で、『東都ファイナンス』に五千万円ほど借金がある。保科は浦辺に若い女の死体を十体集めれば、負債は棒引きにしてやると言われて、妹に遺体を集めさせたんだよ」

「なんだって夫は、若い女性の死体なんか欲しがったんでしょう？」

知香が沈んだ声で言った。

「奥さん、元映画助監督の椎橋のことは知ってるね？」

「椎橋卓磨《たくま》さんのことでしたら、よく存じ上げています。夫が役者をしていたころから親しくしていただいた方ですので」

「そう。あんたの旦那は椎橋とつるんで、盗んだ遺体を使って屍姦シーンを撮《と》って、インターネットで複製ＤＶＤを大量に密売してた疑いが濃いんだ」

「嘘でしょ⁉　夫のビジネスは順調なんですよ。別にお金に困るようなことはなかったはずです。きっと何かの間違いです」

「旦那を庇《かば》いたい気持ちはわかるが、人間ってのは欲が深《ふけ》えからな。何億持ってても、もっと銭が欲しいと思うんじゃねえの？」

「だけど、とても信じられない話です」

「旦那は、もっといろんな事業を手がけたいと思ってるんだろう。共犯の椎橋は自分の映画をプロデュースし、監督や脚本も手がけたいと夢見てるんだ」

「椎橋さんは病院経営コンサルタントとして、成功なさってるはずです。その気になれば、映画制作費だって捻出《ねんしゅつ》できると思います」

「奥さんは、椎橋の素顔を知らないようだな。椎橋はスポンサーから資金を提供してもらって、経営不振に喘《あえ》いでる総合病院を次々に乗っ取ってる。いわば、病院乗っ取り屋だな」

「その話は事実なんですか？」

「信じられないかもしれねえが、作り話なんかじゃない」

百面鬼は上着のポケットから自動録音装置付き受信機を取り出し、再生ボタンを押し込んだ。速水と椎橋の遣《や》り取《と》りが流れはじめた。

知香の顔は、みるみる蒼《あお》ざめた。音声を停止させたとき、それまで黙っていた見城が初めて口を利いた。

「実は、この家の電話をわれわれは盗聴してたんですよ」

「そうだったの」

「これで、作り話ではないことはわかってもらえましたね？」

「は、はい」

「この家のどこかに屍姦ＤＶＤが隠されてると思うんです。まだ家宅捜索令状は持ってませんが、ちょっと旦那さんの書斎を拝見できませんか」

「それは困ります。令状を取ってからにしてください」

知香がはっきりと拒《こば》んだ。百面鬼は腰の後ろからグロック17を引き抜き、銃口を速水の妻に向けた。

「なんで、そんなことを!?」

知香が美しい顔を歪《ゆが》ませた。

「家捜《やさが》しさせてもらうぜ。旦那の書斎に案内してくれや」

「お断りします」

「こいつはモデルガンじゃねえんだ」

百面鬼は拳銃のスライドを滑らせ、引き金の遊びを絞り込んだ。

「刑事さんがむやみに人を撃ってもいいんですかっ」

「よかねえだろうな。けど、おれは撃つぜ」

「あなたは、まともな刑事さんじゃないのね」

知香が百面鬼を睨《にら》みながら、ソファから腰を浮かせた。すぐに見城が立ち上がった。百面鬼は二人に倣《なら》った。

知香は応接間を出ると、硬い表情で階段を昇りはじめた。百面鬼たちは知香に従った。

書斎は二階の端にあった。

十五畳ほどの広さで、出窓側に桜材の両袖机が置かれている。左手の書棚には演劇関係の単行本や百科事典などがびっしりと埋まっているが、読まれた形跡はない。単なるアクセサリーなのだろう。

反対側の壁には、大型テレビが寄せられている。

その両側には、ＤＶＤラックが据《す》えてあった。洋画ＤＶＤが圧倒的に多い。

百面鬼は、部屋のほぼ中央に置かれた黒革張りのオットマンに知香を坐らせた。見城が両袖机に歩み寄り、引き出しを次々に開けた。

「どうだい？」

百面鬼は相棒に問いかけた。

見城が無言で首を横に振り、ＤＶＤラックに近づいた。立ち止まるなり、棚のＤＶＤを七、八枚ずつ床に落とした。

最上段の洋画ＤＶＤの裏側に、タイトルラベルのないＤＶＤが八枚並んでいた。

「探し物は、こいつかもしれない」

見城が両手で八枚のＤＶＤを棚から引き抜いた。そのまま大型テレビの前に坐り込み、一枚をＤＶＤプレーヤーに入れた。

ほどなく画面に屍姦ＤＶＤが映し出された。

知香が驚きの声をあげ、童女のように顔を左右に動かした。百面鬼は映像を観《み》た。

黒いフェイスキャップを被《かぶ》った筋肉質の男が若い女の死体を穢《けが》していた。死後硬直は一定の時間が経過すると、次第に緩《ゆる》む。

Ｖ字に掲《かか》げられた白い腿《もも》は、男が抽送《ちゅうそう》するたびに小さく揺れた。二つの乳房も弾んでいる。だが、死んだ女の顔はまるで動かない。うっすらと口を開けたままだった。

「そそられるどころか、おぞましいだけだな。そっちは、どうだい？」

百面鬼は見城に声をかけた。

「感じるどころか、吐きそうになるね。十億くれると言われても、おれは死体とはセックスできないな」

「おれも同じだよ。フェイスキャップの野郎、思いっ切りおっ立ててやがる。どういう神経してるんだっ。狂ってるぜ」

「ほんとだな」

見城が呆《あき》れ顔で言い、映像を早送りした。

行為が終わると、男は鋭利な刃物で乳房と性器を抉《えぐ》り取った。さらに尻と太腿の肉を削《そ》ぎ落とした。男は終始、にたついていた。

「やめて！　早くDVDを停止させてください」

知香が叫んで、口許に手を当てた。

見城は黙ったまま、DVDをプレーヤーから抜いた。引きつづき、二枚目の映像が映し出された。

若い女の死体とアナル・セックスをしている男は素顔を晒《さら》していた。五十歳前後で、角刈りだった。サラリーマンではないだろう。

男は果てると、死体の手に自分の手を重ね、萎《な》えたペニスを断続的に握り込みはじめた。やがて、勃起《ぼっき》した。男はカメラに向かってVサインを示すと、死者の股間《こかん》を舐《な》めはじめた。

残りの四枚も、似たり寄ったりの映像だった。七枚目のDVDには、屍姦の実演ショーが映っていた。

カメラはショーそのものだけではなく、観客の顔もひとつずつ鮮明に捉《とら》えている。紳士然とした中高年ばかりだった。それぞれが成功者で、それなりの資産を有《ゆう》しているのだろう。

最後のDVDのファーストシーンには、どこかの厨房《ちゅうぼう》が映っていた。

ステンレスの調理台の上には、人肉と思われる塊《かたまり》が無造作に転がっている。血みどろだった。その横のバットの中には、切断された手と耳が入っていた。ガラス鉢《ばち》に入っているのは、刳《く》り貫《ぬ》かれた目玉だった。

次にカメラは、寸胴型《ずんどうがた》のソースパンの中を映し出した。

茹《ゆ》でられているのは人間の骨だろう。人骨スープでも作っているのか。人肉はソテーされたり、バーベキューになるのか。

少し映像が乱れ、次にレストランの店内らしい所が映し出された。

各テーブルには、上品そうな男たちがついている。人間の肉を食《しょく》するカニバリストたちだろう。

給仕の男がスープ皿を配りはじめた。男たちが互いに顔を見合わせ、暗い笑みをにじませた。

「もうノーサンキューだ」

百面鬼はうんざりした気持ちで見城に言った。

見城が最後のDVDをプレーヤーから抜いた。百面鬼はグロック17をベルトの下に差し込んでから、知香に話しかけた。

「これで、あんたの旦那が椎橋とつるんで屍姦ＤＶＤを大量に密売してることがわかったよな？」

「ああ、なんてことなの」

「屍姦の実演ショーを観《み》てた客も人肉を喰《く》った連中も、旦那たちに口止め料を脅し取られたはずだ」

「信じられない、信じられないわ」

「ところで、義友会小松組の組長と代貸の中谷の二人が旦那たちの危《ヤバ》いビジネスを嗅ぎつけて、揺さぶりをかけたと思うんだが、そのへんについてはどうだい？」

「夫は新宿のやくざに因縁《いんねん》をつけられて、二億円ほど払ったことがあるはずです。その相手が小松組の組長たちかどうかはわかりませんけど」

「おそらく旦那から二億せしめたのは、小松と中谷だろう。ついでに教えてやるが、その二人は何者かに殺されたんだ。小松と中谷を始末させたのは、あんたの旦那だろう」

「なんで、その二人を夫が始末させなければならなかったんです？」

「多分、小松たちは旦那があっさり二億出したんで、さらに口止め料を脅し取ろうとしたんだろう」

「夫が誰かに殺人を依頼したなんて……」

「妻としては、そんな話は信じたくねえよな。けど、大筋は間違ってねえだろう」

「新宿のやくざたちは、夫たちの悪事をどうやって知ったんです？」

「裏社会には、いろんな噂話《うわさ》が入ってくるんだ。誰かがどこかで甘い汁を吸ってると、必ず噂になる。小松たちはちょっとした噂を小耳に挟んで、旦那と椎橋のことを探《さぐ》りだしたんだろうな。そして、屍姦ＤＶＤや人肉喰《ぐ》いのことを知ったんだと思うよ」

「そうなんでしょうか」

知香がうつむいた。百面鬼は懐から私物の携帯電話を取り出した。

「旦那が刑務所行きになることを考えたら、暗然としちまうよな？」

「ええ」

「おれたちは堅物《かたぶつ》の刑事ってわけじゃねえ。話によっては、押収した八枚のＤＶＤを署に持ち帰らなくてもいいんだよ」

「それ、どういう意味なんでしょう？　お金を出せば、夫がしたことには目をつぶってもらえるんでしょうか？」

「そういうことだ。端金《はしたがね》じゃ話にならねえが、まとまった銭を出してくれるってんだったら、話し合いの余地はあるな。そのあたりのことを旦那と直《じか》に話してみてえんだ。速水の携帯のナンバーは？」

百面鬼は訊《き》いた。知香が素直に質問に答えた。百面鬼は速水に電話をかけた。ツーコールで、電話は繋がった。

「おたく、どなた？」

速水が身構える感じで問いかけてきた。

「新宿署の剃髪頭《スキンヘッド》だよ」

「えっ」

「いま、おれはあんたの自宅の書斎にいる。ＤＶＤラックの最上段の裏に隠してあった八枚のＤＶＤを押収したとこだ」

「なんだって⁉」

「屍姦ＤＶＤ、観《み》たぜ。四谷署は八体の死体をかっぱらった容疑で、そっちを逮捕《パク》る気でいる。捕まったら、恐喝罪も加わるな。そっちは椎橋と結託《けったく》して、屍姦ＤＶＤの密売のほか実演ショーの観客や人肉を喰った奴らから口止め料を脅し取ってたわけだからな」

「そ、そんなことまで知ってるのか⁉」

「少し前に奥さんにも言ったんだが、おれは話のわからねえ男じゃない。そっちの出方次第では一連の事件《ヤマ》を揉み消してやってもいいよ」

「ほんとなのか⁉」

「ああ。けど、一千万や二千万じゃ、話にならねえな」

「いくら出せば、おれは刑務所に行かずに済むんだ？　はっきり言ってくれ」

「そっちは小松組の組長や代貸を第三者に殺《や》らせてるよな」

百面鬼は言った。

「えっ」

「素直になれや。小松と中谷を始末させ、『東都ファイナンス』のダミー社長の浦辺も葬《ほうむ》らせたことはわかってんだ。破門やくざの柴の死にも関与してるよな？」

「…………」

「肯定の沈黙ってやつか。いくら出す気があるんでえ？」

「一億でどうだ？」

「話にならねえな。電話、切るぜ」

「待ってくれ。二億で手を打ってくれないか」

「屍姦の実演ショーを観《み》た奴らやカニバリストどもから、五、六億は脅し取ったんだろうが！」

「しかし、小松組に二億もたかられたから……」

「駆け引きはやめようや。いくら出す気があるんだ？」

「三億出すよ」

速水が一拍置いて、早口で言った。

「すぐに預金小切手を用意できるな？」

「ああ」

「いま、どこにいる？」

「池袋のヘルス店の事務室にいるんだ」

「なら、夕方六時までには家《ヤサ》に戻れるな？」

「帰れるよ」

「そうかい。奥さんを人質に取ってることを忘れねえことだな」

「知香におかしなことをしたんじゃないだろうな？」

「指一本触れちゃいねえよ。けど、そっちが六時までに帰宅しなかったら、どうなるかわからねえぜ」

「妻には何もしないでくれ」

「金の亡者《もうじゃ》も、てめえの女房は大事らしいな」

「知香は、かけがえのない女なんだ。だから、妻がレイプされたりしたら、おれは精神のバランスを保《たも》てなくなるかもしれない」

「約束をちゃんと守りゃ、姦《や》ったりしねえよ」

「もし約束を破ったら、おれはあんたと刺し違えてやるからなっ」

「それだけ女房に惚《ほ》れてるんだったら、そっちこそ約束を守りな」

「わかってるよ。一連の事件には椎橋も関わってるんだ。あの男はほうっておくのか？」

「後で、椎橋も追い込むさ。とにかく、早くこっちに来な」

百面鬼は荒っぽく電話を切った。

3

人質はランジェリー姿だった。

グリーングレイのブラジャーとパンティーしか身につけていない。少し前に相棒の見城が知香の衣服を脱がせたのだ。

「おい、そんなにおっかながるなよ。あんたを下着だけにしたのは逃げられたくなかったからなんだ」

百面鬼は言って、短くなった葉煙草《シガリロ》の火を大理石の灰皿の底で揉み消した。

応接間である。見城は庭に身を潜《ひそ》め、速水が帰宅するのを待っていた。速水が殺し屋を伴ってくることを警戒したのだ。

「三億円で夫がやったことには目をつぶってくれるんですね」

知香が体を縮めたまま、ソファの上で言った。

「ああ」

「念書みたいなものを認《したた》めていただけるんでしょうか」

「そういうものは書けねえな」

「それじゃ、夫はずっと不安な思いでいなければならないのね」

「それぐれえは仕方ねえだろうが。速水は、それ相当の悪事をやったんだからさ」

「そうですけど」

「何度も口止め料を出せなんて言わねえよ」

「それなら、いいんですけど」

「金は大好きだが、そのへんのチンピラみてえな真似《まね》はしねえって。だから、安心しな」

百面鬼は口を閉《と》じた。

そのすぐ後、車庫のあたりから車のエンジン音がかすかに響いてきた。速水がジャガーを車庫に入れたのだろう。

百面鬼は、腿《もも》の上に寝かせていたグロック17を右手で握った。

「夫はひとりで帰ってきたと思います。だから、そのピストルはしまっていただけないでしょうか」

「おれは、悪人は信じないことにしてるんだ」

「速水を撃ったりしないでくださいね」

「あんたも不幸な女だな」

「え？」

「確かに速水は遣《や》り手の事業家だが、根はろくでなしだぜ。そんな野郎に惚《ほ》れた女は、いつか哀《かな》しい想《おも》いをするもんだ。この機会に旦那とさっさと別れちまえよ」

「わたし、速水にどこまでも従《つ》いていく覚悟で結婚したんです。だから、彼に棄《す》てられない限りは絶対に別れたりしません」

「男運が悪いな、あんたは」

「いいんです、それでも」

知香が昂然《こうぜん》と言った。百面鬼は肩を竦《すく》めた。

ちょうどそのとき、玄関のドアが開いた。少し経つと、見城に片腕を摑まれた速水が応接間に入ってきた。

「おまえ、姦《や》られたのか⁉」

　速水が目を剝《む》きながら、知香に声をかけた。

「心配しないで。わたしは何もされてないから」

「しかし、ランジェリーだけしか身につけてないじゃないか」

「刑事さんたちは、人質のわたしが逃げることを防ぎたかったらしいの」

「そうなんだよ」

　百面鬼は速水に言って、目の前のソファを指さした。速水が素直に指示に従う。見城はドアの近くにたたずんだ。

「預金小切手を見せてくれや」

　百面鬼は促《うなが》した。速水が無言で上着のポケットから、二枚の小切手を抓《つま》み出した。

「一枚じゃねえのか？」

「三億円を預けてる銀行はなかったんだ。で、二つの銀行の預金小切手を切ってきたんだよ。額面は二億と一億だ」

「そいつをこっちに渡しな」

　百面鬼は、ごっつい左手を差し出した。

　速水が二枚の小切手を百面鬼の掌《てのひら》に載《の》せた。

百面鬼は額面と発行人を確かめた。どちらも間違いはなかった。二枚の預金小切手を上着のポケットに突っ込む。

「押収されたDVDを返してくれないか」

速水が言った。

「二階の書斎にあるよ」

「八枚とも？」

「ああ」

「ちょっと確かめに行ってもいいだろ？」

「おれの言葉、信じられねえって言うのかっ」

百面鬼はサングラスのフレームを押し上げ、速水に銃口を向けた。速水が身を強張《こわば》らせた。

「わかった。おたくを信用するよ」

「いい心掛けだ」

百面鬼は上着の左ポケットにさりげなく手を入れ、ICレコーダーの録音スイッチをそっと押し込んだ。

「妻に服を着せてやってくれないか」

「そう慌《あわ》てることはねえだろうが。別に奥さんをどうこうする気はねえんだからさ」

「しかし、下着姿じゃ落ち着かないはずだよ」

「そんなことより、小松組の組長を破門やくざの柴に撲殺させたのはそっちだな？」

「小松を金属バットで叩き殺したのは、柴と彼の知り合いだよ。もうひとりの仲間を加えた三人が小松を拉致《らち》したんだ」

「そっちは小松に脅し取られた金を取り戻そうとしたんじゃねえのか？」

「ああ、まあ。そのつもりだったんだが、小松の野郎はせせら笑っただけだった。だから、頭にきて……」

「柴たちに小松を殺《や》らせたってわけか」

「そうだよ」

「代貸の中谷は小松を始末させたのがそっちだと見抜いて、反撃してきた。それで、中谷まで葬る気になったんじゃねえのか？」

「その通りだよ」

「邪魔者は確かに目障《めざわ》りだよな。だからって、同県人の浦辺まで殺《や》らせることはなかっただろうが」

「元銀行マンの浦辺は堅気だから、あっさり口を割っちゃうと思ったんだ。裏ビジネスのことが発覚したら、身の破滅と考えたんで、気の毒だとは思ったんだが」

「女殺し屋のことを喋ってもらおうか」

「それは……」

速水が口ごもった。

「一度死んでみるか。え？」

「やめろ！　撃たないでくれ。彼女は標美寿々《しるべみすず》という名で、アメリカ育ちの日本人なんだ。向こうの海軍のコマンド部隊の伍長《ごちょう》だったらしいんだが、上官との不倫に疲れたとかで日本に戻ってきて、フリーの殺し屋になったという話だったな」

「女殺し屋は、いくつなんでえ？」

「ちょうど三十歳だったと思うよ」

「美寿々とは、どういう知り合いなんだ？」

百面鬼は畳みかけた。

「椎橋に紹介されたんだよ。女殺し屋は彼のスポンサーの身辺護衛をやってたらしいんだが、殺しも請け負《お》うようになったみたいだな」

「そうか。椎橋に経営不振の総合病院を次々に乗っ取らせてから、そうした医院を買い漁《あさ》ってるのは大病院経営者だな。そいつの名前は？」

「それだけは言えない」

速水が答えた。

次の瞬間、見城が無言で中段回し蹴りを放った。側頭部を蹴られた速水がソファから転げ落ちた。見城が速水に走り寄り、今度は脇腹に鋭い蹴りを入れた。

速水が唸《うな》りながら、手脚《てあし》を縮めた。

見城は片方の膝頭で速水の体を押さえると、手早く顎《あご》の関節を外した。速水は動物じみた声を喉の奥で発しながら、転げ回りはじめた。

「乱暴なことはしないで！」

知香が哀願した。百面鬼は知香を睨《ね》めつけた。

速水は涎《よだれ》を垂らしながら、くぐもった唸り声を洩《も》らしている。百面鬼は頃合を計って、見城に目配せした。

見城が速水の顎の関節を元通りにしてやり、ソファに腰かけさせた。速水は顎関節《がく》のあたりを撫でさすりながら、肩を弾ませていた。目には涙が溜まっている。

「椎橋の後ろ楯《だて》は誰なんでえ？　口を割らなきゃ、腹に一発ぶち込むぜ」

「チェーン・ホスピタルの『フェニックス医療センター』の総大将の奥村光貴《おくむらみつたか》さんだよ」

「あの奥村光貴だったのか」

百面鬼は低く呟いた。

ひところ奥村はマスコミに登場していた。七十二歳の彼は医師だが、商売人でもあった。医業はビジネスと割り切り、二十四時間診療を売り物にして傘下の医院を増やし、いまや全国に百数十のチェーン・ホスピタルを持つまでに成長した。

奥村は他の病院から腕のいい外科医や美しい女医たちを高給で引き抜き、多くの患者を集めている。しかし、治療費が高過ぎるという悪評もある。入院患者をなかなか退院させないという噂も消えない。

そんなことで、『フェニックス医療センター』の理事長は医療業界では異端児扱いされている。数年前にはタレントたちを政界進出させようと巨額の選挙資金を提供し、物笑いにされた。

それでも奥村は医師界の重鎮《じゅうちん》たちをこき下ろし、財力を誇示しつづけている。複数の愛人を囲っていることも隠そうとしない。ドクターでありながら、成金《なりきん》そのものといった印象を与える人物だ。

「奥村理事長は、医は仁術と気取ってる医者たちが大嫌いなんだ。だから、グループの医院数をもっともっと増やして、自分を見下してる偉いドクターたちを見返してやりたいみたいだな」

「野望に燃えること自体は、別に悪いことじゃねえ。多くの人間は色と欲で動いてるわけだから、本音で生きてる奥村はある意味では正直者と言えらあ」

「そうだね」

「けど、ダミーの椎橋に数多くの病院を乗っ取らせておいて、澄ました顔でそういう医院を買い集めてるのは気に入らねえな」

「そうだろうが、一連の事件には奥村さんは関与してないんだ。理事長を強請《ゆす》ろうとしても、それは無理だろうね。それに奥村さんには非情な女殺し屋もついてるから、欲を出さないほうがいいんじゃないかな」

「ご忠告は拝聴《はいちょう》しておかあ。けど、奥村が屍姦ＤＶＤ、実演ショー、人肉の秘密試食会にまるでタッチしてないと思うのはちょっと甘《あめ》えんじゃねえのか。奥村は椎橋を唆《そその》かして、そっちと裏ビジネスをさせたのかもしれねえぜ。そして、いずれそっちの取り分も奪う気なんじゃねえのかな」

「そんなことは考えられないよ。医療スーパーと陰口をたたかれてるが、『フェニックス医療センター』は黒字経営なんだ」

　速水が反論した。

「けど、奥村はタレントたちに莫大《ばくだい》な選挙資金を与えた。それから、グループの医院数も増やす気でいる。銭はもっと欲しいはずだ」

「それはそうだろうが……」

「話は前後するが、浦辺に集めさせた八つの死体を清川村のセカンドハウスから別の場所に移してたんだな。そこは、どこなんでえ？」

「奥湯河原《おくゆがわら》にある奥村理事長の別荘だよ。椎橋がその別荘を自由に使わせてもらってたんだ」

「それじゃ、屍姦ＤＶＤはその別荘で撮影したんだな？」

「ああ、椎橋がね」

「死体とセックスした男たちは何者なんだ？」

「横浜のドヤ街で椎橋が見つけてきた男たちだよ。最初は誰も厭《いや》がってたそうだが、六十万の謝礼に惹《ひ》かれて屍姦を引き受けてくれたというんだ。もっともノーマルな奴ばかりだったんで、勃起するまでに長い時間がかかったらしいがね」

「だろうな」

「椎橋は苦肉《くにく》の策《さく》として、すぐそばでホームレスの中年夫婦にファックさせて、その気にさせたと言ってた」

「実演ショーは、どこかの劇場でやったのか？」

「熱海のストリップ劇場を借りたんだよ、休演日にね。人肉試食会は、椎橋の知り合いのレストランでやったんだ。やっぱり、店の定休日にね」

「そうか。観客の前で屍姦した男は、頭《ペテン》がいっちゃってるようだったな」

「あの男は、インターネットで探した死体フェチだったんだ。若い女の死体《ボディー》を見た瞬間から、エレクトしっ放しだったよ」

「屍姦ショーを観《み》てたリッチマンたちは、どうやって集めたんだ？」

「椎橋は国税局の幹部職員を抱え込んで、高額納税者のリストを手に入れたんだ。そして中小企業の社長、弁護士、公認会計士、ニュースキャスター、政治家たちにこっそり声をかけたんだよ」

「実演ショーは何回やったんだ？」

「二十四、五回だったと思うよ、トータルでね。総観客数は八百数十人だった」

「そっちと椎橋は、すべての客に口止め料を要求したのか？」

　百面鬼は訊いた。

「脅しをかけたのは、二百五、六十人だったと思うよ。そのうちの三十二人が人肉を喰ったんだ」

「で、どのくらいの額の銭を脅し取ったんだい？」

「五億ちょっとだね。分け前は椎橋と折半《せっぱん》にしたんだが、経費がいろいろかかってるから、おれが手にしたのは二億三千万ぐらいだった」

「屍姦DVDは主に海外の奴らに売ってたんだな？」

「ああ。欧米だけじゃなく、アルゼンチン、チリ、ブラジル、タイ、フィリピン、オーストラリアなんかでも売れたよ。一万数千本は捌《さば》けたね」

「一枚いくらで売ったんだ？」

「日本円で五万円だよ」

「一万二千枚としても、総売上高は六千万円か。コピーにかかった費用なんて知れてるから、ほとんど丸儲けだったんだろうな」

「うん、まあ」

「そっちの儲けも、椎橋と半分ずつ分けたのか？」

「そうだよ」

「実演ショーを観《み》たり、人肉を喰った客たちのリストは、そっちが持ってるのかい？」

「いや、それは椎橋が持ってる。なぜだか彼は、強くリストを自分で保管したがったんだよ。どうしてなのかね」

速水が考える顔つきになった。

「おそらく椎橋はリストをコピーして、それを早く奥村に渡したかったんだろう」

「まさか⁉」

「よく考えてみろや。椎橋がスポンサーである奥村の別荘を無断で屍姦DVDの撮影に使うと思うかい？」

「奥村理事長も承知の上で、自分の別荘を使わせたんじゃないかと言うんだね？」

「そう考えるほうが自然だろうが。仮に椎橋が奥村に内緒で別荘で屍姦DVDを撮《と》ったとしよう。そのことがバレたら、椎橋はスポンサーに斬《き》られることになるはずだ」

「そうか、そうだろうな」

「裏ビジネスでちまちまと稼ぐよりも、椎橋は奥村にくっついて下働きをしてたほうがずっと得だし、安定もしてる。そうは思わねえか？」

「椎橋は十億の制作費を投じて、自分の映画を撮るのが夢だと熱っぽく語ってたが、あれは……」

「そっちを裏ビジネスに引きずり込んで、どうしても若い女の死体を集めたかったんだろう。おそらく椎橋は『東都ファイナンス』の大口債務者の保科が利払《りばら》いも滞《とどこお》らせてることと、それから奴の妹の瑠衣がかつて四谷の博愛会総合病院でナースをしてたことも調査済みだったんだろう」

「それじゃ、椎橋は初めっから、このおれを利用するつもりで裏仕事を持ちかけてきたってことになるな」

「おおかた、そうなんだろう。そして椎橋は女殺し屋にそっちを始末させ、スポンサーの奥村と組んで屍姦の実演ショーを観《み》たり、人肉を喰ったリッチマンたちから何度も口止め料を毟《むし》り取る気でいるんだろうな」

「くそっ、椎橋め！」

「椎橋に電話して、ここに来るように言いな。そうだな、新しい非合法ビジネスを思いついたとでも言って誘《おび》き出してもらおうか」

百面鬼は言って、葉煙草《シガリロ》をくわえた。

速水が懐から携帯電話を取り出し、短縮番号を押した。電話はすぐに繋がったようだ。

「椎橋さん、おれ、ものすごくおいしい裏仕事を思いついたんだ。すぐに会いたいな」

「………」

「いや、自宅にいるんだ。一時間後なら、おれの家に来られる？　それじゃ、待ってるよ。必ず来てくれよな」

速水が通話を打ち切った。

百面鬼は左手首の宝飾腕時計に目を落とした。午後六時三十一分だった。

「そっちとずっと睨《にら》めっこしてるのも能がねえな。女房にしゃぶってもらうかい？」

「な、何を言い出すんだ⁉　人前で、そんなことはできない。なあ？」

速水が百面鬼に言い、妻に相槌《あいづち》を求めた。知香が二度大きくうなずいた。

「おれもさ、てめえの身を護《まも》りてえんだよ」

「えっ？」

「そっちが開き直って四谷署の奴らに、現職刑事に三億円の口止め料を払ったなんて自白《ウタ》われると、ちょいとまずくなるからな」

「運悪く逮捕されるようなことになっても、決しておたくたちのことは喋らないよ」

「そう言われても、安心できねえ。やっぱり、保険をかけておかねえとな」

「しかし、いくら何でも……」

「やらなきゃ、おれの相棒に女房を姦《や》らせるぜ。相棒はスーパー級のテクニシャンなんだよ。高度なフィンガーテクニックを使われたら、そっちのかみさんは一分も経《た》たないうちにエクスタシーに達しちまうだろうな。そして、さらに五、六回はいっちまうと思うよ。そんなことになったら、亭主としては屈辱的だろうが」

「うむ」

「どうする？　かみさんに、よがり声をあげさせてもいいのかい？」

百面鬼は決断を迫った。速水が憮然《ぶぜん》とした顔でソファから立ち上がり、妻の前まで歩いた。

「あなた、やめてちょうだい。刑事さんたちのいる前で、そんなことはできないわ」

「おれだって、みっともないことはしたくないさ。しかし、おまえの体をいじられたくないんだ。協力してくれ。頼む！」

「仕方ないわね」

知香が片腕を夫の腰に回し、もう一方の手でスラックスのファスナーを引き下げた。彼女は摑み出した陰茎《いんけい》に刺激を加えはじめた。

速水の欲望はなかなかめざめなかった。それでも七、八分過ぎると、少しずつ力を漲《みなぎ》らせはじめた。すかさず知香が夫の分身を口に含《ふく》み、舌を閃《ひらめ》かせた。速水が妻の髪を優しくまさぐりだした。

百面鬼は上着のポケットに手を滑り込ませ、ICレコーダーの停止ボタンを押した。それから彼は、見城に視線を向けた。

見城が心得顔で速水夫妻に近づき、デジタルカメラで淫《みだ》らな行為を撮影しはじめた。

速水がそれに気づき、ペニスを引き抜こうとした。百面鬼は行為を続行しろと命じた。

速水は溜息をつき、猛《たけ》った性器を妻の口中に深く突き入れた。

見城がにやつきながら、さきほどまで速水が坐っていたソファに腰かけた。百面鬼たち二人は紫煙をくゆらせながら、ぼんやりとオーラル・セックスを眺めた。

知香は袋の部分を揉みながら、舌技を施《ほどこ》しつづけた。頰がへこんだり、逆に盛り上がったりする。煽情的《せんじょうてき》な眺めだったが、当の速水は一気に爆《は》ぜそうもない。

「イラマチオをやってみな」

百面鬼は他人事《ひとごと》ながら、つい焦《じ》れてしまった。

速水が両手で妻の頭を引き寄せ、ダイナミックに腰を躍《おど》らせはじめた。口腔《こうくう》を性器に見立てて突きまくっているうちに、ペニスはだいぶ勢いづいたようだ。知香は、いかにも苦しそうだった。

やがて、速水は果てた。知香は夫の精液を最後の一滴まで呑《の》み尽くした。顔が上気していた。

速水はきまり悪そうな顔で、スラックスの前を整えた。

そのとき、急に応接間のシャンデリアの明かりが消えた。ほとんど同時に、窓から銃弾が撃ち込まれた。銃声は聞こえなかった。

「伏せろ」

百面鬼は見城に言って、ソファから離れた。

次の瞬間、またガラスの割れる音がした。速水が呻いて、床に倒れた。そのまま石のように動かない。

「あなた、しっかりして！　返事をしてちょうだい」

知香が呼びかけながら、夫に抱き縋《すが》った。

「ここは頼んだぜ」

百面鬼は相棒に言って、中腰で応接間を出た。グロック17を構えながら、ポーチに飛び出す。

それを待っていたように、庭先から銃弾が連射された。百面鬼はポーチに腹這《ば》いになり、黒い人影に狙いを定めた。

撃った。

的《まと》は外さなかった。標的が呻いた。女の声だった。殺し屋の標美寿々だろう。敵がゆっくりと頽《くずお》れた。

百面鬼は起き上がり、内庭に降りた。

倒れた女は利き腕に被弾していた。二《に》の腕のあたりだった。近くには、消音器を嚙ませたワルサーP5が転がっていた。ドイツ製の高性能拳銃だ。

百面鬼はワルサーP5を拾い上げ、サイレンサーの先端を女の肩口に押し当てた。

「殺し屋の標美寿々だな？」

「そうよ。わたしを殺せばいいわ」

女殺し屋が挑むように言った。庭園灯の淡い光に照らされた顔は整っていた。美寿々はホテルマンに化けて、中谷を射殺したことも認めた。もはや観念したのだろう。

だが、すぐに始末するのはもったいない気がする。

百面鬼はためらった。

「早く殺《や》りなさいよ。二度もあんたを撃ち損じるなんて、最悪だわ。プライド、ズタズタよ」

「椎橋が速水を消せって言ったのか？　それとも、奥村の命令だったのかい？」

「どっちだっていいでしょ。早く撃ってよ」

「その前に、下のピストルで撃ってやる」

「あんたになんか姦《や》られるもんですかっ。姦れるものなら、姦ってみなさいよ」

美寿々が息巻いた。百面鬼は鼻先で笑った。

ちょうどそのとき、見城が玄関から飛び出してきた。

「速水は死んだよ。倒れてる女は例の殺し屋だな？」

「ああ」

「殺しの依頼人は、椎橋なんだろ？」

「この女、口を割ろうとしねえんだよ」

「どうする？」

「女殺し屋を囮《おとり》に使おう。こいつは、おれが預からあ」

「それじゃ、ひとまずこの家から遠ざかろう」

「オーケー」

百面鬼はグロック17をベルトの下に突っ込むと、女殺し屋を摑み起こした。

4

痛みが走った。

思わず百面鬼は手を引っ込めた。美寿々に右手の指先を嚙まれたのである。

渋谷のシティホテルの一室だった。サイドテーブルの上には、少し前に帰った見城が買ってきてくれた救急医療セットが載《の》っている。外傷用消毒液や化膿《かのう》止めも置いてあった。

「また、わたしの体に触ったら、この次はあんたの男根《ディック》に歯を立てるわよ」

ベッドに横たわった美寿々が怒気を含んだ声で言った。

「勘違いしてやがるな」

「え？」

「おれは女好きだが、いま、そっちを姦《や》る気なんかねえよ。二の腕に埋まってる九ミリ弾を摘出してやろうと思ったんだ」

「なんで手当てなんか……」

「ただの気まぐれさ。シャツブラウス、早く脱げや」

「手当てなんかしなくてもいいわよ。どうせわたしをレイプしたら、殺す気なんでしょうが！」

「ごちゃごちゃ言ってねえで、早くシャツブラウスを脱げや」

百面鬼は女殺し屋にワルサーP5の銃口を向けた。美寿々が口の端を歪《ゆが》めた。発砲などしないと思い込んでいるようだ。

百面鬼はわずかに銃口をずらし、無造作に引き金を絞った。

消音器から空気の洩《も》れる音がした。放った銃弾は長い枕を貫通し、ベッドマットにめり込んだ。

「わたしの拳銃《ハンドガン》の弾《たま》を無駄にしないでよ」

「気の強い女だ。太腿《ふともも》に一発ぶち込まねえと、銃創を見せる気にならねえか。そうなら、撃ってやらあ」

「あんた、ばかじゃないの。さっさとわたしを撃ち殺して、椎橋や奥村を追いつめればいいでしょうが」

「別に急ぐことはねえさ。どうする？　腿に一発撃ち込んでほしいか？」

「面倒なことさせるわね！」

美寿々が悪態をついて、渋々、上半身を起こした。それから彼女はシャツブラウスを脱ぎ、ベッドの下に投げ落とした。ストラップレスのブラジャーに包まれた乳房は、やや小さかった。

百面鬼はワルサーP5を腰の後ろに差し込むと、外傷用消毒液の壜《びん》を摑み上げた。美寿々の右腕を手に取り、血糊《ちのり》に塗れた銃創に消毒液をぶっかけた。

女殺し屋が長く唸った。ひどく沁《し》みたのだろう。

傷口が見えた。意外にも九ミリ弾は、それほど深くは埋まっていない。たやすく摘出できそうだ。

百面鬼は救急医療セットからピンセットを取り出し、その先端をライターの炎で入念に炙《あぶ》った。完璧《かんぺき》には殺菌《さっきん》できないだろうが、多少の気休めにはなる。

「目をつぶって、奥歯を強く嚙め！」

「あんた、いつからわたしの父親になったのよっ」

「かわいげのない女だ」

「いったいどうしちゃったの？　わたしは速水だけじゃなく、あんたも仕留めるつもりだったのよ。なのに、手当てをしてくれるわけ？　どういう心境の変化なの？」

「わからねえよ、自分でも。なぜだか、そっちを殺《や》らなくてもいいかなと思いはじめちまったんだ」

「甘っちょろい男ね」

「黙って言われた通りにしろい」

「声がでかいわよ」

「マラも小さくねえぜ。後で見せてやらあ」

「見たくもないわ、あんたの息子《ジョン》なんか」

美寿々は毒づきながらも、言われた通りにした。

百面鬼は銃創に消毒液を垂らしつつ、ピンセットの先で皮下脂肪を押し拡《ひろ》げた。肉に触《ふ》れたらしく、女刺客が呻いた。

「もう少し我慢しろ」

百面鬼は皮下脂肪の下の肉をせせり、九ミリ弾をピンセットで挟んだ。またもや美寿々の口から呻き声が洩れた。

百面鬼は一気に銃弾を抓《つま》み出した。

銃創には鮮血が溜まっていた。化膿《かのう》止めの軟膏《なんこう》を擦《す》り込み、バンドエイドを貼《は》る。

「このまま じゃ傷口はなかなか塞《ふさ》がらねえだろうから、ちゃんと外科医院で縫合《ほうごう》してもらうんだな。こいつは痛み止めだ」

百面鬼は鎮痛剤とプラスチックボトル入りの天然水を美寿々に渡し、ウエットティッシュで指先を拭《ぬぐ》った。美寿々は黙って錠剤を服《の》んだ。

ツインの部屋だった。割に広い。

百面鬼は隣のベッドに腰かけた。

「痛みが和《やわ》らいだら、裸になれって言う気なんでしょ?」

「そんなこと言わねえよ」

「セックスしたいんだったら、肉体《ボディー》を貸してやってもいいわ」

「なんだって急にそんなことを言い出すんでえ?」

「わたし、他人《ひと》に借りをこさえたくないのよ。だから、何かで借りを返しちゃいたいの」

美寿々が乾いた声で言った。

「だったら、ちょいとおれに協力してくれや」

「協力？」

「ああ。椎橋はどこにいるんだい？」

「今夜は奥村理事長と一緒にクルージングしてるはずよ。理事長のクルーザーでね」

「マリーナはどこなんだ？」

「葉山《はやま》よ。理事長は『シンシア号』という艇名《ていめい》の外洋クルーザーを持ってるの」

「おれと一緒にマリーナに行ってくれ」

「わたしを弾除《たまよ》けにする気なのね？」

「そうじゃねえよ。そっちにひと芝居打ってほしいんだ」

「どういうことなの？」

「速水が椎橋と奥村の弱みを洗いざらい吐いたから、おれを生け捕りにしたって嘘をついてほしいんだ」

「わたしにクライアントを裏切れってわけ？」

「そういうことになるな」

「あんた、椎橋と奥村を強請《ゆす》るつもりなんでしょ？」

「成り行きによってはな。ついでに屍姦の実演ショーを観《み》たり、人肉を喰《く》った奴らのリストも手に入れるか」

「日本のお巡りもアメリカの警官並に悪くなってるのね。危険な仕事の割に給料が安いせいかしら？　どうでもいいことだけどね」

「どうなんでえ？」

「取り分がフィフティ・フィフティなら、協力してもいいわ。殺しの報酬だけじゃ、大金持ちにはなれないから」

「アメリカ育ちはドライだな。気に入ったぜ。オーケー、いいだろう」

「協力する前に確認しておきたいんだけど、あんたの相棒の優男《やさおとこ》も分け前を寄越《よこ》せって言い出すんじゃない？」

美寿々が訊いた。

「奴《やっこ》さんには、さっき速水からせしめた金の一部を渡した。小切手の額面は一億だから、そう欲はかかねえと思うよ」

「そういうことなら、協力するわ」

「よし、話は決まった。傷の痛みが和《やわ》らいだら、葉山に向かおう」

「もう大丈夫よ」

「無理しねえほうがいいって」

百面鬼は言った。だが、美寿々はベッドを離れ、血で汚れたシャツブラウスを手早くまとった。

ほどなく二人は部屋を出た。十五階だった。エレベーターで地下駐車場に降り、覆面パトカーに乗り込む。

百面鬼は美寿々を助手席に坐らせ、すぐにクラウンを走らせはじめた。まだ午後十時前だ。

第三京浜から横浜横須賀道路をたどって、逗葉《ずよう》新道を抜けた。鐙摺《あぶずり》から一三四号線を短く走り、葉山マリーナに向かう。

目的地に着いたのは、十一時半過ぎだった。

百面鬼はマリーナの近くに覆面パトカーを駐《と》め、美寿々と桟橋《さんばし》に向かった。海から吹きつけてくる風が頭髪を嬲《なぶ》った。

純白の『シンシア号』は、突端《とったん》近くに舫《もや》われている。全長二十メートルはありそうだ。舷灯《げんこう》の光が円窓《まるまど》から零《こぼ》れていた。椎橋と奥村はナイトクルージングを愉《たの》しんだ後、船室《キャビン》で酒を酌《く》み交わしているのだろう。

「そろそろあんたは、わたしの前を歩いてよ。生け捕りにされたわけだから、並んで歩いてたら、ちょっと不自然でしょ？」

桟橋の中ほどで、美寿々が言った。

「シュートなんかしないわよ。わたしが信用できないって言うんだったら、弾倉《マガジン》を抜けばいいわ」

「そうはいかねえよ。背中を撃たれちゃ、かなわねえからな」

「わたしのワルサーP5を返して」

「そうだな」

「それもそうだな」

百面鬼は、消音器を嚙ませた拳銃の銃把《グリップ》からマガジンを引き抜いた。

残弾は四発だった。弾倉を上着のポケットに入れ、ワルサーP5を美寿々に渡す。

「早く前に出て」

美寿々が急《せ》かした。

百面鬼は歩度《ほど》を速《はや》め、チーフズ・スペシャルの銃把《グリップ》をそっと握った。女殺し屋が予備のマガジンを隠し持っているかもしれないと考えたからだ。

しかし、それは思い過ごしだった。美寿々は数メートル後ろから従《つ》いてくるだけで、怪しい動きは見せなかった。

二人は桟橋の端まで歩いた。大型クルーザーの甲板《デッキ》に跳《と》び移る。

百面鬼は船室《キャビン》の円窓に顔を寄せた。奥村が四十二、三歳の男とテーブルについて、バドワイザーの小壜《こびん》をラッパ飲みしていた。百面鬼は横に動き、美寿々に船室の中を覗かせた。

「奥村と一緒に飲んでるのは、病院乗っ取り屋の椎橋だな?」

「ええ、そう。さあ、演技開始よ。両手を頭の上で重ねて、船室の出入口に回って」

美寿々が小声で指示した。

百面鬼は指示通りに動いた。キャビンの出入口に達すると、美寿々がドアをノックした。待つほどもなくドアが開けられ、椎橋が顔を見せた。

「速水と一緒にその男も片づけてくれと頼んだはずだぞ」

「この男は、あなたと奥村理事長の致命的な弱みを握ってるみたいよ。だから、生け捕りにして、ここに連れてきたの」

「そうだったのか。そいつを船室に入れてくれ」

「オーケー」

美寿々がワルサーP5の銃口を向けてきた。

椎橋が梯子段《はしごだん》を降り、奥村に事情を話した。

百面鬼は美寿々に背を押され、短いステップを下《くだ》った。船室は割に広い。テーブルの右側には、調理台やシンクがあった。反対側にはトイレとシャワールームが並んでいる。

奥は寝室になっていた。六畳ほどのスペースで、キングサイズのベッドが据え置かれている。

「その男が何かわたしたちの致命的な弱みを握ってるそうだな？」

奥村が下脹《しもぶく》れの顔を女殺し屋に向けた。

「ええ、そうです」

「どんな弱みを握ってるというんだ？」

「本人に喋らせましょう」

美寿々がそう言い、左手に握ったワルサーP5を提《さ》げた。百面鬼はドイツ製の拳銃を引ったくるなり、銃把《グリップ》に弾倉を叩き込んだ。

美寿々が薄く笑いながら、テーブルに浅く腰かけた。

「おまえ、寝返ったんだなっ」

奥村が、ぎょろ目で美寿々を睨んだ。美寿々は無言でうなずいた。

百面鬼はワルサーP5のスライドを引き、初弾を薬室《チエンバー》に送り込んだ。奥村と椎橋が顔を見合わせ、奥の寝室に逃げ込んだ。すぐにドアが閉ざされ、内錠が掛けられた。

百面鬼はベッドルームのドアに体当たりした。ドアを押し開けると、椎橋が水中銃《スピアガン》を構えていた。すぐに銛《もり》が放たれた。

百面鬼は身を躱《かわ》し、椎橋の顔面を撃った。椎橋は血をしぶかせながら、棒のように倒れた。それきり動かない。

「こ、殺さないでくれ」

奥村がベッドの上で正坐し、命乞《ご》いをした。

「てめえと椎橋は最初から速水を利用だけして、女殺し屋に始末させるつもりだったんだなっ」

「なんの話なんだね？」

「時間稼ぎはさせねえぜ」

百面鬼は狙いをつけて奥村の右肩を撃った。奥村がいったん反《そ》り身になり、横倒しに転がった。銃創に当てた左手は、たちまち鮮血に染まった。

「もう撃つな」

「てめえは屍姦の実演ショーを観た奴や人肉を喰った連中から口止め料を何度も脅し取って、それで椎橋に経営不振の総合病院を次々に乗っ取らせるつもりだったんだろっ」

「そ、それは……」

「どうなんでえ？　もう一発喰らいてえらしいな」

「撃つな、撃たないでくれーっ。そうだよ、あんたの言った通りだ。選挙資金の提供でプール金が乏《とぼ》しくなったんで、椎橋に回してた買収資金の大半は銀行から融資を受けてたんだ。低金利といっても、利払いが大変だったんだよ」

「そこで、屍姦ショーを観たり、人肉を喰ったリッチマンたちを脅す気になったってわけだ？」

「そうだよ」

「速水とは別口で、椎橋に集金させてたんじゃねえのかっ」

「ああ、少しだけね」

「総額で、どのくらい寄せやがったんだ？」

「約八億だよ」

「そいつをそっくり吐き出してもらおう」

「そ、そんな殺生《せっしょう》な！」

「手錠《ワッパ》打ってもいいんだぜ。撃ち殺されるよりも、生き恥をかくほうが辛《つれ》えだろうからな」

「わかった。金は、あんたにくれてやる」

「八億は奥湯河原の別荘にでも隠してあるのか？」

「いや、このクルーザーの中に隠してあるんだ」

「どこに？」

「このベッドの下だよ」

「そうかい。あばよ！」

百面鬼は奥村にたてつづけに二発見舞って、拳銃を足許に捨てた。

そのとき、左胸と腹部に被弾した奥村がベッドから転げ落ちた。短く体を痙攣《けいれん》させ、じきに息絶えた。

百面鬼はベッドマットを剝《は》がした。その下には、段ボール箱が敷き詰められていた。中身は札束だった。

百面鬼は口笛を吹いた。

ちょうどそのとき、女殺し屋が背後で驚きの声をあげた。百面鬼は振り返った。

あろうことか、小松組の舎弟頭が美寿々のこめかみに中国製トカレフであるノーリンコ54の銃口を押し当てていた。

清水だ。清水のかたわらには、小松有希がたたずんでいた。

「お気の毒だけど、奥村が屍姦の実演ショーを観たり、人肉を食べた成功者たちから脅し取ったお金は小松組がそっくりいただくわ。わたし、死んだ中谷から何もかも話を聞かされてたの。だから、一連の事件の黒幕が奥村だってことを嗅ぎ当てるのはそれほど難しくなかったわ」

「女組長になりたくなったらしいな」

「そうなの。清水を代貸にして、なんとか小松組を守り抜こうと思ってるのよ」

「今度は、清水をうまく誑《たら》し込んだわけか。悪女だな」

「あなたとは他人ってわけじゃないんだから、命だけは救《たす》けてあげるわ。女殺し屋を連れて、さっさとクルーザーから降りてちょうだい」

有希がそう言い、清水の肩を軽く叩いた。

清水がノーリンコ54の銃口を下に向けた。百面鬼はベルトの下からチーフズ・スペシャルを引き抜き、すぐさま清水の頭を撃ち砕いた。

血の塊《かたまり》と脳漿《のうしょう》が有希の美しい顔面を汚した。

美寿々が有希に横蹴りを浴びせた。有希が倒れ、テーブルの脚《あし》に肩をぶつけた。

「女親分、ツイてねえな」

百面鬼は撃鉄《ハンマー》をゆっくりと掻《か》き起こし、有希の眉間《みけん》を撃ち抜いた。

有希は声ひとつあげなかった。目をかっと見開いたまま、綷切《こと》れた。恨めしげな形相《ぎょうそう》だった。

「あんた、殺し屋になればいいわ。肚《はら》が据《す》わってるから、凄腕になれるわよ」

「おれは、もうプロなんだ。殺し屋刑事《デカ》なんだよ」

「そうだったの。面白い男ね。あんたに少し興味を持ったわ」

美寿々がほほえみ、歩み寄ってきた。百面鬼は美寿々を抱き寄せ、すぐに唇を重ねた。

美寿々が百面鬼の唇をついばんだ。

四つの死体を海に投げ込んだら、クルーザーごと大金を盗むつもりだ。

百面鬼は女殺し屋の唇を強く吸いつけた。何か新しいことがはじまりそうな予感に包まれた。

注・本作品は、平成十五年七月、徳間書店より刊行された、『殺し屋刑事　地獄遊戯』と題して刊行された作品を、著者が大幅に加筆・修正し、『殺し屋刑事　女刺客』と改題したものです。

殺し屋刑事　女刺客

一〇〇字書評

切り取り線

購買動機（新聞、雑誌名を記入するか、あるいは○をつけてください）

□（　　　　　　　　　　　　）の広告を見て	
□（　　　　　　　　　　　　）の書評を見て	
□ 知人のすすめで	□ タイトルに惹かれて
□ カバーが良かったから	□ 内容が面白そうだから
□ 好きな作家だから	□ 好きな分野の本だから

・最近、最も感銘を受けた作品名をお書き下さい

・あなたのお好きな作家名をお書き下さい

・その他、ご要望がありましたらお書き下さい

住所	〒				
氏名		職業		年齢	
Eメール	※携帯には配信できません	新刊情報等のメール配信を 希望する・しない			

この本の感想を、編集部までお寄せいただけたらありがたく存じます。今後の企画の参考にさせていただきます。Eメールでも結構です。

いただいた「一〇〇字書評」は、新聞・雑誌等に紹介させていただくことがあります。その場合はお礼として特製図書カードを差し上げます。

前ページの原稿用紙に書評をお書きの上、切り取り、左記までお送り下さい。宛先の住所は不要です。

なお、ご記入いただいたお名前、ご住所等は、書評紹介の事前了解、謝礼のお届けのためだけに利用し、そのほかの目的のために利用することはありません。

〒一〇一‐八七〇一
祥伝社文庫編集長　坂口芳和
電話　〇三（三二六五）二〇八〇

祥伝社ホームページの「ブックレビュー」からも、書き込めます。

http://www.shodensha.co.jp/bookreview/

祥伝社文庫

殺《ころ》し屋《や》刑事《デカ》　女刺客《おんなしかく》

平成28年12月20日　初版第1刷発行

著　者　南《みなみ》　英男《ひでお》
発行者　辻　浩明
発行所　祥伝社《しょうでんしゃ》
東京都千代田区神田神保町3-3
〒101-8701
電話　03（3265）2081（販売部）
電話　03（3265）2080（編集部）
電話　03（3265）3622（業務部）
http://www.shodensha.co.jp/

印刷所　堀内印刷
製本所　積信堂
カバーフォーマットデザイン　芥　陽子

Printed in Japan ©2016, Hideo Minami　ISBN978-4-396-34270-8 C0193